トーイ
ローズ
アンネリーセ
ロザリナ
ミリス
登場人物紹介

下級悪魔ジャミル
ベニュー男爵

「俺はずっとアンネリーセと一緒に居たい。
そばに居てほしいんだ」
「……はい。ありがとうございます。
死が二人を分かつまで、
私はご主人様のそばに居させていただきます」

隠れ転生勇者

～チートスキルと勇者ジョブを隠して第二の人生を楽しんでやる！～

2

なんじゃもんじゃ
イラスト：ゆーにっと

CONTENTS

プロローグ　お前は何者だ

Side　ガルドランド公爵

眉間にシワを寄せるザイゲンが、不機嫌そうに報告書をめくる。

「今回のシャルディナ盗賊団壊滅作戦の結果として、四商会と八貴族家を処分することになりました。商会のほうは潰《つぶ》して資産を没収しましたが、問題は貴族家です。八家のうち六家は領地を任せております。全て潰すのは簡単ですが……」

「その後の領地経営が成り立たんか」

領地持ち貴族と言っているが、実際には公爵である私に代わってその土地を治める代官である。

領地を任せている六家を潰すと、その後の領地経営が問題になる。

「とはいえ、その六家に任せていた領地はかなり酷《ひど》い状態のようです。今朝届いた報告書では、立て直すのに苦労するとのことです」

「……八家とも潰す。盗賊に手を貸した者が、どうなるのか見せしめだ。容赦するな。当主とその妻は斬首。男子も成人は斬首。女子供は神殿に入れる」

子供たちは不憫《ふびん》だが、これも貴族のケジメだ。ここで容赦したら、今後も同じことを繰り返す輩《やから》が現れる。厳正に対処する。

「親族はいかがしますか」

「レコードカードを提示させよ。それで犯罪が確認できたら、処罰する。それ以外は特に処分しなくてもいい」

なんでもかんでも処分していては、恐怖政治になる。ケジメは大事だが必要以上の処分はしなくていい。それに当主一族を完全に排除し、さらに多くの者を処罰したらそれこそ領地経営がままならぬ。犯罪に手を染めてないのであれば、それでいい。


「それでは次の報告です。例の協力者ですが、身元が判明したと思われます」

思われる……か。確証はないが、ほぼ断定しているということだな。

「本人に確認はしてないということだな」

「ええ、あれだけの隠密能力を持つ者を下手に刺激したくありませんので」

「うむ。その通りだ。それでいい。で、その者とは？」

「探索者をしております、トーイなる者にございます」

ザイゲンの報告を聞くと、なんとも掴《つか》みどころのない人物のようだ。

そのトーイなる者のジョブは旅人だという。このケルニッフィにやってきてまだ一カ月も経《た》っていないそうだ。

ジョブは旅人のままらしいが、それでダンジョンに入っている。私の記憶がたしかなら、旅人は戦闘ではレベルが上がらないはずだ。どういうことだ？

「なんでも奴隷を二人連れてダンジョンに入っているそうです。報告によればすでに四階層を踏破して五階層を探索しているとのことです」

「はぁ？　まだ一カ月も経っていないのだろ？　その二人の奴隷が優秀なのか？」

バルダーク迷宮の五階層を探索する探索者は、一応は一人前と呼ばれる。だが五階層ではまだ二流の探索者だ。その先の六階層を踏破するのが大変なのだ。

六階層に出てくるガーゴイルが、とにかく硬いのだ。ガーゴイルを倒すには、魔法使いか属性攻撃ができる者が必要だ。それ故に六階層を越えることが、一流探索者への第一関門になっている。

普通、一カ月で五階層を踏破などできない。早い者でも一年以上はかかるだろう。それでも六階層の探索はままならないだろうが……。

「奴隷は優秀です。人物鑑定させましたが、一人は魔法使い・レベル二一、もう一人はバトルマスター・レベル一六だとか」

「バトルマスター？　聞いたことがないジョブだな」

「文献を確認したのですが、バトルマスターなるジョブの記録はありませんでした」

珍しいジョブは、総じて強力なものが多い。おそらくそのバトルマスターも強力なジョブなのだろう。

「魔法使い・レベル二一なら五階層を踏破し、六階層のガーゴイルとの戦いでもダメージを与えられるか」

「はい。六階層のガーゴイルも問題ないでしょう。ただ……トーイが購入した奴隷は老婆《ろうば》と醜いゴブリンのはずなのですが、なぜか若くて美しい二人の女性になっているそうです」

意味が分からぬ。それは若くて容姿の良い奴隷を購入したということではないのか？

「ゴルテオ商会からの奴隷売買報告では、老婆とゴブリンでした。あの店はしっかりとした店ですから、誤記があるとは思えません」

ゴルテオ商会は王都に本店を置く大商会だ。犯罪に手を染める必要などないだろう。今回のシャルディナ盗賊団にも関係していなかった。

それに誤った奴隷売買記録を提出するとも思えぬ。ザイゲンの言う通り、おかしな現象が起きているようだ。

「……同名の別人では？」

「名前だけならそうかもしれませんが、老婆のほうはジョブとレベルも一致しております。ゴブリンのほうはホブゴブリンに進化した可能性もありますから、なんとも言えません。ただホブゴブリンでもゴブリンはゴブリンですので、美女になったというのはいささか納得いかぬところです」

同名の別人の奴隷というわけではなさそうだ。なんとも不思議なことだ。

不思議なところが多い者は癖はあるが、えてして優秀だ。そのトーイなる者が協力者でなくとも、興味が湧いた。しかも怪しい。私もザイゲン同様この者が協力者だと、なんとなくだが思えてしまう。

「捕縛した盗賊の証言では、トーイに仲間を殺されて敵討《かたきう》ちを考えて捜していたみたいです。しかしトーイの姿を発見して尾行してもすぐに姿を見失ったそうです」

「旅人のスキルは健脚と、レベルが上がって疲労回復だったはず。盗賊たちの尾行に気づき、それを撒《ま》くことができるものなのか？」

「おそらくトーイは気配に敏感であり、隠密が得意な暗殺者ではないかと思われます」

「暗殺者のジョブがあることは私も知っているが、あれはこの百年以上出てないジョブだぞ」

剣士や槍士《やりし》のようなオーソドックスなジョブなら転職できる条件は広く知られているが、暗殺者の転職条件は知られていない。暗殺者に転職できる者など、それこそ数百年に一人現れるかどうか。トーイなる者がその暗殺者だというのか？

もしかしたら世界のどこかで存在していたかもしれぬが、それとて一人いればいいところだ。暗殺者とは、それほど珍しいジョブなのだ。


「だが、そのトーイは旅人だったのだろ？」

「政庁でレコードカードを確認しております。また探索者ギルドの登録時にも確認されておりますが、トーイのジョブは旅人です。ただし暗殺者にはジョブやスキルを偽装するスキルがあると聞いたことがあります。それを使ったのではないでしょうか？」

幻のジョブと言われる暗殺者のスキル構成は記録に残っていない。ザイゲンが言うように偽装系のスキルを持っていると言われているが、それは定かではない。

「バルカンはどう思うか？」

「その者に会ってみないとなんとも言えません」

バルカンなら、会えばトーイなる者が協力者なのか判断できるかもしれぬな。スキルではなく、バルカンの野生の勘がそれを教えてくれるだろう。

「それとなく遭遇したふうを装うことは……できんか」

「某《それがし》にそういったことを要望されても困ります」

武に関してはこれほど頼もしい者はいないが、それ以外のことは当てにできない。腹芸などもってのほかだ。

「ザイゲン。良い案はないか？」

「無理でしょう。ですから正々堂々と会うのがよろしいかと」

考えるまでもないか。無理なものは無理なのだ。

「では、バルカンがそのトーイなる者と会えるように、調整してくれ」

「協力者を捜し出した後は、いかがいたしますか？」

「褒美を与える。これだけのことを解決したのだ。褒美を与えぬわけにはいかぬ。これは私の名に関わることだ」

協力者が褒美を欲しがるなら、すでに名乗り出ているだろう。それをしないのは褒美が不要か、私と距離を置きたいか、それとも他に何か理由があると考えるべきだ。

功績を立てた者に褒美を与えないのは、公爵家の沽券《こけん》に関わる。

これだけの大きなことを行った者のことを把握してないことが、そもそも問題なのだ。私の名にかけて、その者を突き止めて褒美を与えなければならない。

どのような理由があるにしても、私は褒美を与えるのみ。協力者が要らぬと言っても、与えたという事実があればいいのだ。

それにこの城の警備は王都の王城にも引けを取らないというのに、私の寝所にやすやすと入られた。協力者がその気になれば、国王の寝所に入ることも可能だということだ。この者を放置はできぬ。せめてどういった性質の者か、見極めなければならない。

もし協力者が邪《よこしま》な者であれば、排除せねばならぬ。できればそんなことはしたくないが、まずは協力者の人となりをしっかりと確認するとしよう。

「バルカンがそのトーイを協力者だと判断したなら、私の前に連れてきてくれ。時間を置くなよ、監視しているのが知られて逃げられるかもしれぬからな」

本当に暗殺者なら、簡単に逃げおおせるだろう。逃げる必要はないが、身元を知られるのを嫌っているようだから念のためだ。

「承知しました」

バルカンであれば後れを取ることはないだろうが、ザイゲンにしっかりフォローさせるように指示する。

さてトーイなる者は、協力者か否か。善か悪か。そして何者か。

Side 第三者視点

公爵家の騎士団によって、シャルディナ盗賊団が壊滅に追い込まれた。

幹部のほとんどが捕縛かその場で斬り殺され、首魁《しゅかい》であったシャルディナさえ捕縛された。

これに焦ったのは、シャルディナ盗賊団と繋《つな》がっていた貴族、官僚、商人たちだ。

公爵家の家臣の中にも、シャルディナ盗賊団と繋がっていた貴族や官僚がいた。彼らの中には自己保身を図って逃げようとした者もいたが、公爵の動きは非常に速くほぼ全ての者が捕縛された。

「た、助けてください。私たちは脅されてしょうがなく……」

このような言いわけをする者も多かったが、公爵は犯罪者の言葉に耳を傾けず断罪した。

捕縛された貴族の一家、ベニュー男爵家も荒海の激しい波が打ちつけたような衝撃に襲われていた。

ベニュー男爵とその妻、さらに息子は犯罪に手を染めていたことで、処刑されることになった。本来であれば家は潰《つぶ》されベニュー男爵家は消滅していたところだが、公爵と家宰のザイゲンの思惑から家は残されることになる。

とはいえ嫡子も処刑され、ベニュー男爵の直系の跡取りはいなくなってしまった。そんなベニュー男爵家を継いだのは、その分家の当主をしていたサロマであった。彼は自分が凡庸だと知っている人物で、これまでベニュー男爵家のいち騎士として微力ながら男爵家を支えていた。

サロマは武も文も凡庸で、突出して優秀なものを持っていない。そんな彼が騎士としてベニュー男爵家を支えてこられたのは、妹のキャスリルが時に厳しく時に優しく兄を叱咤激励《しったげきれい》していたからだ。

二人は仲の良い兄妹であったが、サロマが一方的にキャスリルに依存するような関係でもあった。キャスリルは兄のサロマと違い野心家であり、容姿端麗だった。彼女はその美貌をもって三度の結婚と夫との死別を三度経験している。

最初は商人と結婚した。これは父親が決めた結婚だったが、十七歳のキャスリルは五十代の商人のもとに嫁いだのだ。この結婚は三年ほど続き、商人が他界したことでその財産を受け継ぐことになった。

二回目の結婚は六十近い男爵の継室だった。男爵は一年ほどで他界した。嫡子がいたことで、キャスリルはある程度の財産を手に入れて家に戻された。

三回目の相手は六十代の子爵だったが、こちらは半年で子爵が他界した。

キャスリルは三人の夫が残した財産を食い潰しながら優雅な生活を送っていたが、今回のシャルディナ盗賊団摘発を受けて公爵が全貴族と官僚のレコードカードを確認する命令を下した。

キャスリルのレコードカードには、三人の夫と父親を殺した記録が残っていた。シャルディナ盗賊団とは全く関係ないが、これはこれで問題となり彼女は捕縛され、処刑されることになったのだ。

「なんでだ……なんでキャスリルまで……」

妹を想《おも》うサロマの心に闇が差す。

公爵がサロマに男爵家の継承を許したことで、ベニュー男爵家の分家や家臣たちは路頭に迷わずに済んだ。公爵に感謝こそすれ、それ以外の感情があってはならない。

だが妹が極悪人として処刑されたことで、日に日にサロマの瞳から光が失われていった。


『妹を取り戻したいですか？』

最初は気のせいだと思った。空耳だろうと。

『わたくしが妹を奪い返す力を与えてやりましょう』

心の中に響くまるで女神のようなその声に、サロマは心を動かされていく。

『公爵はキャスリルの美貌に目をつけたのです。キャスリルを奴隷にし、自分の側女《そばめ》にしました。公爵を殺せば妹を奪い返せます』

「あぁ……女神様……」

『そう、わたくしは貴方《あなた》の女神。心を開きなさい。わたくしを受け入れるのです』

女神の言葉はサロマの心を蝕《むしば》んでいき、彼はとうとう女神と思い込んだ存在を受け入れてしまうのだった。

一章　それはこの世界で普通の生活……

　転生十六日目。まだ十六日目なんだ。結構濃密な日々を送ったせいか、もっと時間が経過していると思っていた。

　今日は朝からダンジョンに入る。摘発を逃れた盗賊がいるかもだから、警戒は怠らない。

　一昨日のシャルディナ盗賊団の一斉摘発のことは今一番ホットな話題らしく、町中では噂話《うわさばなし》が飛び交っている。


　俺たちが住む屋敷は、ダンジョンからちょっと離れている。ダンジョンへ行くその途中に、初めて池イカ焼きを買った露店がある広場を通る。あの露店は今日もやっていたから、立ち寄った。

「お、可愛《かわい》い嬢ちゃんたちだ。おじさん、サービスしちゃうぞ！」

　俺の顔は覚えていないようだ。一回会っただけでは覚えないだろうからいいけど、今回も俺を女の子だと思い込んでいる。構わないから、サービスしてもらおう。

「池イカの姿焼きを十五本もらうよ」

「お、たくさん買ってくれるんだね！　前の時みたいにゲソを十五本サービスしちゃうよ！」

「覚えていたの？」

「そりゃー、こんな可愛い子を忘れるわけないよ」

なかなかの記憶力だ。商売人としては好感が持てるが、ゲソを十五本もサービスしたら赤字だろ。

「また来てくれよー」

気前のいいおじさんに手を振って愛嬌《あいきょう》を振りまいておく。アンネリーセとロザリナの笑顔つきだ。

俺とロザリナは身のほうを、アンネリーセはゲソのほうを食べながらダンジョンへ向かう。

「美味《おい》しいですね」

「美味しいなのです」

朝食を食べたばかりだけど、二人は美味しいと何度も言いながら食べきった。俺も美味しいと思うからお代わりしたいところだが、これからダンジョンに入るから止《や》めておく。

ダンジョンの前でフルーツを買った。キウイとスモモみたいなフルーツだ。キウイのほうは使用人たちが用意してくれた昨日の朝食、スモモは今日の朝食に出た。共に美味しかった。

もうすぐ冬なのに季節感がないけど、フルーツは隣の国から輸入しているらしい。共に日持ちするフルーツらしく、輸送期間中に熟成されて甘さが増すらしい。輸送費とかかかっているからそれなりにお高め。でも美味しいから買った。美味しいは正義だ。


ダンジョンに入ってすぐに五階層へ移動。ダンジョンムーヴ便利。

この五階層を探索できるようになると、探索者として一人前だと言われるそうだ。俺もいよいよ一人前の探索者の仲間入りだね。

ダンジョン内を歩く時は探索者、戦闘の時は両手剣の英雄に転職する予定。探索者の時に宝探しが発動すれば嬉《うれ》しいかな。その程度の期待を込めて探索者で歩く。ロザリナがいてくれるから、ジョブを変えているうちにモンスターの接近を許すことはないだろう。アンネリーセもいるけど、彼女は後衛だからね。

五階層では迷宮牛が出てくる。赤茶色の分厚い毛皮に守られた迷宮牛は防御力も高いが、何よりも突進力が危険なモンスターだ。

さっそく迷宮牛が現れた。頭部に四本の角を持ち、俺の背丈くらいの体高で、俺の知っている黒毛和牛よりもかなり体幅が大きいから通路が狭く感じられる。

ジョブを両手剣の英雄に変えているうちに、ロザリナが飛び出す。迷宮牛の突進とロザリナの突進がぶつかった鈍い衝撃音が耳に入ってくる。なんと巨体の迷宮牛が押し負けている。スゲーなロザリナ。アッパー気味のパンチで上体が起きた迷宮牛に、さらに蹴りを入れる。あ、迷宮牛が消滅した。

俺、一発も殴ってない。ロザリナが強いのはいいことだけど、俺の出番がないのはどうなんだ？

そそくさとジョブを探索者に戻す。なんか無情だな。

「迷宮牛肉がドロップしました」

アンネリーセが朴葉《ほおば》のような葉に包まれた肉を拾い上げる。一キロくらいある肉の塊だ。あまりサシは入ってない赤肉だけど、これの串焼きは美味《うま》い。

「ドロップした迷宮牛肉は全部換金するんじゃなく、少し持って帰ろうか」

「それがいいと思います」

アンネリーセが良い笑顔。それだけで不毛なダンジョン内が華やぐ。

「お肉大好きなのです」

ロザリナも満面の笑みだ。ちょろんと牙が見えるのもチャーミングだな。


通路を進んでいると、今度は二体出てきた。ジョブを両手剣の英雄に変更。その間にロザリナは迷宮牛を殴り飛ばし、二体目に蹴りを入れた。

俺も負けてられない！

「はぁぁぁっ」

ミスリルの両手剣を大上段から振り下ろす。

スパッと迷宮牛を斬り裂くと硬質な破壊音と共に消滅した。ミスリルの両手剣はこの五階層でも強力な武器ですよ。

俺が迷宮牛を倒すと同時に、ロザリナがもう一体を倒した。強いな、バトルマスター。


俺たちはどんどん進んで、三体同時出現の迷宮牛でも余裕で倒せるのを確認した。

そんな俺のスキルに反応があった。宝箱だ！

「ちょっと待ってくれ」

二人を止めて、ペタペタと壁を触ってみる。

「…………」

普通の壁にしか見えない。

「アンネリーセ。この向こうに宝箱があるから、壁を壊してくれるか」

「お任せください！」

アンネリーセがマナハンドを発動させて、壁を殴った。ゴンゴンッと何度か殴ったら壁が崩れてその先に通路があった。

「魔物はいないのです」

俺が何も言わなくても、ロザリナは一番先に通路に入って罠《わな》がないか確認した。俺はそんな教育をしてないが、どうもアンネリーセが教育しているようだ。

罠がないことが分かり、俺たちも中に入ると宝箱があった。さて、今回は何が入っているか。

「お待ちください。その宝箱、怪しい気配がします」

「罠か？」

「罠とは何か違うような、変な感じです」

アンネリーセの魔力感知が嫌なものを感じたようなので、話し合ってマナハンドで蓋《ふた》を開けることにした。

俺は両手剣の英雄に転職し、ミスリルの両手剣を構える。ロザリナも身を低くして身構えているのを確認し、アンネリーセに目で合図する。

「開けます」

マナハンドがヌーッと伸びていき、蓋を開ける。刹那《せつな》、宝箱が飛びかかってきた。宝箱はモンスターだったのだ。

蓋が口のように開き、鋭い歯が見える。底は見えず、深淵《しんえん》を思い起こさせる漆黒だ。

反射的に詳細鑑定を発動。

「トレジャーボックスモンスターだっ」

そのモンスターの種族名を叫んでいた。つーか、そのままのネーミングかよ!?

「やっ」

飛びかかってきたトレジャーボックスモンスターを、ロザリナはカウンターで蹴り飛ばした。

「こいつ、体力と生命力が異常に高いぞ」

「私も戦います」

「頼む」

アンネリーセの魔法なら体力は関係ない。魔法に対する耐性は精神力だからだ。

俺もミスリルの両手剣を振りかぶって、戦闘に加わる。

「たぁっ」

噛《か》みつこうとするトレジャーボックスモンスターの攻撃を躱《かわ》し、ロザリナはパンチを三発入れる。

「うりゃっ」

俺は横から斬りつけるが、硬い。手が少し痺《しび》れた。

「撃ちます！」

アンネリーセの魔法が発動。俺とロザリナが飛びのく。

炎の球がトレジャーボックスモンスターに命中し、その木（？）の体を焼く。

トレジャーボックスモンスターはかなり嫌がって後方に下がるが、俺とロザリナが追撃する。

ガンッガンッガンッガンッと殴るロザリナ。

ガツンッガツンッガツンッガツンッと斬る俺。これ、斬る音じゃないぞ。

何度か噛みつかれそうになるが、ロザリナがフォローしてくれる。彼女はまったく危なげなくトレジャーボックスモンスターの攻撃を躱す。

「撃ちます！」

後方に飛びのくと火の球が飛翔《ひしょう》し、トレジャーボックスモンスターを焼いた。これがとどめとなってトレジャーボックスモンスターが消滅した。

俺だけ危ない場面があったが、アンネリーセとロザリナのおかげで怪我《けが》はない。

「あっ!?」

ドロップアイテムを拾おうとしたロザリナが叫んだ。

「どうした？」

「ご主人様。これなのです！」

ロザリナが持ってきたのは、本だった。

「それはっ!?」

アンネリーセも叫んだ。

「これってもしかして……？」

「はい。魔導書です」

「おぉぉぉ！」

「凄《すご》いなのです！」

休憩しながら、魔導書についてアンネリーセからレクチャーを受ける。

池イカの姿焼き、うまし！

「魔導書を使うと魔法使いに転職できます。ですがもう一つ転職できるジョブがあります」

「魔法使いだけじゃないのか？」

「はい。稀《まれ》に呪術士に転職可能になります」

「呪術士？」

初めて聞くワードだ。

「呪術士は魔法使いと違って呪術を使います。呪術は触媒が必要になりますが、魔法と同等のことができます」

「触媒……か。その触媒は買うのか？　それともダンジョンで得られるのか？」

「モンスターからドロップしたアイテムを素材にして作ります。触媒を作れるのは呪術士か錬金術師です」

触媒を作る手間がかかり、アイテムを購入または取得することで金銭的な負担もあるわけか。魔法使いのほうが優秀に思えてしまうな。

「魔法使いのほうがお金がかからないから人気ですが、呪術士は魔法使いと違って全ての属性の呪術を行使できます」

「触媒の属性次第かな？」

「はい。触媒の属性によって、呪術士は全ての属性を使うことができるのです」

汎用《はんよう》性では呪術士だが、魔法使いのほうがお手軽に使えるわけか。

「聞いた話では、呪術士が出る確率は三十分の一くらいだそうです」

その三十分の一に当たりそうな気がするのは、考えすぎかな。

考えたらアンネリーセという魔法使いがいるから、呪術士のほうが潰《つぶ》しが利くか。と思っているが、まだ使うかどうか決めてないいんだよね。

「この先、魔法使いか呪術士が多くいたほうがいい階層はあるかな？」

「物理攻撃が利きにくいモンスターは少ないですが、いないわけではないです。そういうモンスターには魔法や呪術のほうが効果的です」

「……よし、保留しよう。今はアンネリーセの魔法だけで十分だから、様子を見ながら使うか売るか決めるよ」

魔導書はアイテムボックスに収納。

迷宮牛を倒しながら進み、ボス部屋の前に到着。三パーティーが順番待ちをしている。五階層のボスは人気のモンスターらしい。

「防御力は高いですが、攻撃が直線的で一体しか出てきません。ですから人気なのでしょう」

一体しかいない上に直線的な攻撃しかしないから、比較的安全に狩れる。しかもレアドロップ率はモンスターによって差があり、五階層のボスはレアドロップ率が比較的高いので、おいしいボスとして有名なんだとか。俗に言う金策モンスターだね。

そんな話を聞きつつ休憩していると、俺たちの番になった。前の番の探索者の遺品はなし。倒し方が確立されているモンスターだから、滅多なことでは全滅しないのだろう。

五階層のボスは迷宮大牛レベル一八。デカい。迷宮牛よりもかなり大きい。

「はぁぁぁっ」

ドンッ。腹の底に響くような重低音がした。

「迷宮大牛も押し込んだよ、あの子……」

ロザリナがとてもパワフル。あの細い体のどこにそんなパワーがあるんだ？

俺も迷宮大牛の側面からミスリルの両手剣を振り下ろす。

こいつ本当に真っすぐにしか攻撃してこない。普通の迷宮牛とは通路で戦闘したから真っすぐなのは通路のせいなんだと思っていたが、この系統のモンスターの特徴なのかな。

攻略法が分かっているから、迷宮大牛は簡単に倒せた。苦労はない。怪我《けが》もない。

「しかし、よく迷宮大牛の突進を受け止めて押し込んだな」

コツを教えてもらったら、俺もできるかなと思って聞いてみた。

「力ではなくタイミングなのです」

「タイミング？」

「牛がゴーッて来たら、ダンッてするなのです」

身振り手振りを交えて教えてくれるけど、ロザリナは天才肌でしたよ。俺には、タイミングなんだろうなということしか分かりませんぜ。

「レアの迷宮大牛角がドロップしました」

アンネリーセが大きな角を抱えてくる。

「これ一個で一万一〇〇〇グリルになるんだから、本当に金策モンスターだな」

通常ドロップの迷宮大牛革でも三二〇〇グリル。しかもレアドロップ率が高いから、何度か挑戦すれば迷宮大牛角がドロップする。その証拠ではないけど、俺たちは一回でドロップした。

難点は順番待ちが多いことか。ただ、戦闘時間は短いから、そこまで待ち時間はない。

考えた末、俺は六階層に進むことにした。金銭的にまだ余裕がある。今のうちにできるだけ深い階層へ行こう。そうすれば、必然的に収入が増える。


六階層は探索者ギルドの冊子がない。売っていないのだ。

「アンネリーセは六階層を探索したことある？」

「私は四階層の途中で魔導書を手に入れ、王都に拠点を移しましたから六階層は探索したことがありません」

ここからは自力でマッピングすることになる。幸いなことにジョブ・探索者にはマッピングのスキルがある。マッピングがあれば迷うことはないだろう。

六階層の通路の幅は五階層までの倍以上広い。元々高かった天井はさらに高くなっていて、開放感がある。大きなモンスターが出てくるのか、それとも大量のモンスターで囲んでくるのか。

「さて、何が出てくるか」

六階層に出てくるモンスターはガーゴイルだった。空飛ぶ悪魔の石像だ。だから天井が高くなっているのか。

詳細鑑定のおかげで、ガーゴイルの特徴を把握するのは簡単だ。ただ、鑑定結果を読むのに時間がかかる。

「ロザリナ。ちょっと時間をかせいでくれ」

「はいなのです」

飛び出したロザリナがジャンプし、かなり高い場所を飛んでいるガーゴイルに迫った。

「てやっ」

ロザリナの拳がガーゴイルに叩《たた》き込まれる。同時にガーゴイルの鋭い爪がロザリナに向けられるが、ロザリナはガーゴイルを蹴って空中を数回転して着地。アクロバティックな動きだ。俺ではとてもできないな。

ガーゴイルはその姿のイメージ通り硬い。ロザリナの攻撃を受けてもピンピンしている。

詳細鑑定でも体力が異常に高く、スキルに物理攻撃耐性（微）がついている。

「スキル持ちのモンスターなんて初めてだな」

物理攻撃に高い耐性があるから、ロザリナでも倒し切れないようだ。ただ、ロザリナの動きにはまだ余裕があるように見える。……詳細鑑定の内容を読破！　理解した。

「ガーゴイルは魔法に弱い。もう少しがんばってくれ」

「はいなのです」

幸いにもアイテムボックスの中に魔導書がある。これを使えば俺も魔法使いになれるはずだ。低確率で呪術士になる可能性もないわけではないが、それを引いたら素直にアンネリーセに頼ろう。

魔導書を開くと、この世界で見慣れた文字ではない別の文字が書いてあった。でもなぜか読める。俺は言語チート持ちらしい。それは魔導文字と言われるもので、読んでいくとその文字が浮かび上がって俺の両の瞳に飛び込んでくる。不快感はないが、ちょっと怖かった。

文字が浮かび上がって瞳に飛び込む不思議な経験をしてしばらく待つと、魔導書はその役目を終えたようにスーッと消えていった。

ステータスから選択可能ジョブ一覧を出す。

あった！　でも思っていたのと違う。『エンチャンター』というジョブがそこにあったのだ。

【ジョブ】エンチャンター　レベル一
【魔　法】魔力強化（微）　エンチャント・ハード（微）　エンチャント・アクセル（微）
　　　　　エンチャント・ファイア（微）
【ユニークスキル】詳細鑑定（中）　アイテムボックス（中）

・**エンチャンター**：強化魔法を操る者。エンチャンターは一万分の一の確率で発現する。スキル・魔力強化（微）、エンチャント・ハード（微）、エンチャント・アクセル（微）、エンチャント・ファイア（微）が使える。取得条件は魔導書を使うこと。

・**魔力強化（微）**：魔力値＋四〇、知力値＋一五、精神力値＋一〇ポイント。（パッシブスキル）

・**エンチャント・ハード（微）**：対象を硬くし全てのダメージを無効化する。消費魔力八。効果時間十秒。発動後二分間使用不可。（アクティブスキル）

・**エンチャント・アクセル（微）**：対象の俊敏値を二倍にする。消費魔力八。効果時間三十秒。発動後五分間使用不可。（アクティブスキル）

・**エンチャント・ファイア（微）**：対象に火属性を付与する。対象が攻撃した際に、火属性の追加ダメージを与える。追加ダメージの威力は術者の魔法攻撃力値に依存する。消費魔力一〇。効果時間五分。発動後六分間使用不可。（アクティブスキル）

おいおい、一万分の一に当たってしまったぞ。三十分の一の呪術士どころじゃないぞ、この確率。

なんでここで出ちゃうかなぁ。魔法使いではなかったが、転職。

【ジョブ】エンチャンター　レベル一
【種　族】ヒューマン
【能　力】
生命力＝六六
魔力＝一七五
腕力＝一三
体力＝九
俊敏＝七
知力＝二五
精神力＝二〇
器用＝一四
物理攻撃力＝七四
物理防御力＝四二
魔法攻撃力＝七五
魔法防御力＝六〇

「くっ……」

転職した瞬間、ミスリルの両手剣がとても重く感じられた。これはヤバいレベルの重さだ。肩が抜けるかと思った。

ミスリルの両手剣をアイテムボックスに収納。ジョブが武器を拒否した感じがした。剣は装備できないのかと思い、鋼鉄の片手剣を装備したがやっぱり重い。鉄の片手剣もダメだ。さらに鋼鉄の盾も重くて装備できない。鉄の盾も。ただし、鋼鉄の胸当ては問題なかった。迷宮牛革のヘッドギア、迷宮牛革のグローブ、迷宮牛革のブーツ、幸運のネックレスも使える。手に持つ武器枠がNGのようだ。

「アンネリーセ。悪いけど、その杖《つえ》を貸してもらえるかな」

「どうぞお使いください」

アンネリーセが恭しく杖を差し出してくる。どんな仕草をしても可愛いね。

杖は重くない。これがアウトだったら、何を装備すればいいのかって言いたい。明日はエンチャンター用の装備を見に行かないといけないようだ。

【ジョブ】エンチャンター　レベル一
【種　族】ヒューマン
【能　力】
生命力＝五七

魔力＝一八一
腕力＝六
体力＝一三
俊敏＝七
知力＝二六
精神力＝二一
器用＝九
物理攻撃力＝一八
物理防御力＝六六
魔法攻撃力＝八三
魔法防御力＝六三

防具のおかげで物理防御力はそこそこ高いが、物理攻撃力はショボい。魔法使いや呪術士は物理で殴るな、ということだろう。

「ロザリナ。今からエンチャント・ファイアをかける。もう少し頑張ってくれ」

「問題ないのです」

魔法を発動させるイメージを固め、エンチャント・ファイアを発動。俺の中から何かが抜ける感じがした。魔力が消費されたようだ。

他のジョブでも魔力を消費するスキルはあったけど、魔力が減る感覚はなかった。エンチャンターは魔力の消費に敏感なようだ。

ロウソクくらいの小さな火がゆらゆらと飛んでいき、ロザリナの腕に纏《まと》わりついた。その火はボワッと大きくなってロザリナの拳を包み込む。あれ、熱くないのかな？

「ロザリナ。大丈夫か？」

「まったく問題ないのです」

ガーゴイルの攻撃を躱して、着地と共に床を蹴ってガーゴイルに迫る。動きに支障はないようでよかった。支障があったら使えないクズスキル認定だったところだ。

殴った瞬間、拳の炎がガーゴイルを焼く。先ほどまでガーゴイルの生命力の減りは一から二ポイントだったが、エンチャント・ファイア後の一撃を受けると八三ポイントも減った。追加効果で八〇ポイント以上削れたことになる。

いくらガーゴイルの精神力値と魔法防御力値が低いとはいえ、ここまでのダメージが出るのか？

俺のエンチャンターのレベルが上がれば、追加効果はもっと高くなる。ロザリナは手数を意識してくれたほうが、与えるダメージが多くなるわけだ。さらに、ロザリナがアクティブスキルの鉄拳や蹴撃《しゅうげき》、そしてユニークスキルの闘気を発動させれば、もっと多くのダメージが出るはずだ。

もっとも闘気を発動させたら、エンチャント・ファイアは不要だと思うけど。

ロザリナがガーゴイルを倒した。攻撃は受けていないものの、これまではロザリナの攻撃もほとんど通らずかなり苦労していたが、エンチャント・ファイアがかかるとすんなり倒せた。

あのロザリナがここまで苦労するということは、剣士や槍士《やりし》だけのパーティーでは、とてもガーゴイルを倒せないんじゃないか？　ガーゴイルは石だけあって動きは遅いけど、空を飛んでいるしとても硬い。下手をすれば、剣士たちは全滅だろ。

「あれだけ苦労していたロザリナが、ご主人様の魔法を受けてガーゴイルを倒してしまいました。あのエンチャント・ファイアという魔法はどういったものなのですか？」

魔法使いのアンネリーセでも知らない魔法のようだ。そういうのって、ちょっと優越感に浸れるよな。

「エンチャント・ファイアは火属性を付与する魔法になる。ロザリナのような物理攻撃しかできない探索者の攻撃に火属性の効果を付与し、火属性のダメージを敵に与える。ロザリナのような手数の多いジョブだと、とても効果的だと思うぞ」

「そんな魔法があるのですね……まるで魔法で魔剣を作っているようです」

そういえば、魔剣なんてものもあるな。エンチャンターなら、簡易魔剣を作れるという考え方で間違いないだろう。パーティーに一人は欲しい補助ジョブかもしれないな。

いつの間にかロザリナがドロップアイテムを拾って戻ってきた。Ｆランクの魔石だ。

「今回俺が魔導書から得たジョブは、エンチャンターという珍しいものだった。エンチャンターは直接攻撃できない代わりに、仲間を魔法で強化するジョブだと思ってくれ」

「承知しました。ロザリナさんもいいですね」

「はいなのです」

元気いっぱい返事をしたロザリナだけど、多分分かっていない。それでも彼女は本能で対応してくれるからそれでいい。

「しかし、相変わらずご主人様は非常識ですね」

「ん？」

「本来は神殿に行かないと転職できません」

今さらだな。

「それに得られるジョブが珍しいものばかりです」

それは俺も思っている。

両手剣の英雄や剣豪などは取得条件を満たしたからたまたま得られたけど、このエンチャンターは完全に運の要素が強い。一万分の一なんて、滅多に出るものではないからな。

「魔法使い自体が珍しいのですが、さらに珍しいエンチャンターなんてよく引きましたね。さすがはご主人様です」

「さすがなのです」

分かってないけど、流れに乗って喜ぶロザリナの頭を撫《な》でる。

「分かっていると思うけど、ジョブのことは全部秘密だからな」

「もちろん理解しております」

「はいなのです」

実を言うと、両手剣の英雄のレベルが一四になっているんだけど、レベル一〇の時にスキル・アイススラッシュを覚えた。

このアイススラッシュは氷属性の斬撃を飛ばすスキルで、飛んでいるガーゴイルへの攻撃手段として丁度いいし、氷属性の攻撃だからダメージも通るはずだ。


その日、俺たちは六階層を途中まで進んでダンジョンから出た。

ボス部屋まで行っていたら、夕飯の時間に間に合わない。使用人たちがせっかく美味しい料理を作ってくれるから、食べない選択肢はない。

料理人のゾッパの腕はさすがとしか言いようがなく、毎日食事が楽しみなんだよ。

美味しい料理を自分で食べるために、料理人になったと言っていただけのことはあるんだよね。


探索者ギルドでアイテムを換金。盗賊たちのおかげで四階層のアイテムもアイテムボックス内に残っているから、それも換金だ。

〈四階層〉
・綿糸　二三個×八〇グリル＝一七六〇グリル
・Gランク魔石　三六個×二五〇グリル＝九〇〇〇グリル
・綿布（レア）　一個×一六〇〇グリル＝一六〇〇グリル
・蟻甲《ぎこう》　一九個×一一〇グリル＝二〇九〇グリル

・酸袋（レア）　二個×一八〇〇グリル＝三六〇〇グリル
・毒袋　一一個×一八〇〇グリル＝一万九八〇〇グリル
・グリーンリーフ（レア）　一個×四五〇〇グリル＝四五〇〇グリル
・蟻鉄甲《ぎてっこう》　五個×二三〇〇グリル＝一万一五〇〇グリル
・黒蟻鉄甲（レア）　一個×八〇〇〇グリル＝八〇〇〇グリル
※四階層合計六万一八五〇グリル。

〈五階層〉
・迷宮牛肉　三一個×二〇〇グリル＝六二〇〇グリル
・Gランク魔石　二四個×二五〇グリル＝六〇〇〇グリル
・迷宮牛革（レア）　五枚×二五〇〇グリル＝一万二五〇〇グリル
・迷宮大牛角（レア）　一個×一万一〇〇〇グリル＝一万一〇〇〇グリル
※五階層合計三万五七〇〇グリル

〈六階層〉
・Fランク魔石　一三個×六〇〇グリル＝七八〇〇グリル
※六階層合計七八〇〇グリル

総合計一〇万五三五〇グリルになり、三日分のアイテム換金額でモンダルク一家の一カ月分の給料を稼げたことになる。

全部換金しようと思ったが、五階層のボスの迷宮大牛からドロップした迷宮大牛角は持ち帰ることにした。これで剣を造ろうと思ったんだ。

それから面白いことにガーゴイルのノーマルドロップアイテムはFランク魔石だけだった。動く石像だからなのかな？

迷宮牛からドロップした迷宮牛肉四個はお持ち帰り。四キロくらいになるから、アイテムボックスに入れておいて定期的に出して料理してもらおう。

ガーゴイルのレアドロップの石化の短剣だが、最初から換金する気がないから査定に出さずに持っておく。短剣だから護身用として使えるだろう。石化の短剣は十五パーセントの確率で石化が発動する効果があるから、チクチクやっていれば石化が発動すると思う。ちなみにエンチャンターの俺が装備しようとしても、やっぱり重く感じられた。剣類は全部ダメなようだ。

石化の短剣はゴルテオさんの店でも売っていたが、小売価格は五万グリルだった。探索者ギルドの査定だとおそらく二万五〇〇〇グリルだから、二倍になっている。探索者ギルドがいくらで卸しているか知らないけど、税金もかかるはずだからそれくらいにはなるのだろう。

〈トーイ〉
【ジョブ】エンチャンター　レベル八

【魔　法】魔力強化（低）　エンチャント・ハード（微）　エンチャント・アクセル（低）
　エンチャント・ファイア（低）
【ユニークスキル】詳細鑑定（中）　アイテムボックス（中）

〈トーイ〉
【ジョブ】両手剣の英雄　レベル一四
【スキル】指揮（低）　全体生命力自動回復（低）　身体強化（中）　バスタースラッシュ（低）
　アイススラッシュ（微）
【ユニークスキル】詳細鑑定（中）　アイテムボックス（中）

〈アンネリーセ〉※変化なし
【ジョブ】魔法使い　レベル二二
【スキル】火魔法（中）　無魔法（中）　魔力操作（中）　魔力感知（中）　魔法威力上昇（中）

〈ロザリナ〉
【ジョブ】バトルマスター　レベル一六
【スキル】剛撃（低）　鉄拳（低）　蹴撃《しゅうげき》（低）　防御破壊（低）　生命力回復（微）
【ユニークスキル】闘気（低）

二章　公爵の思惑

転生十七日目。今日は朝から魔法使いの装備を購入し、怪しい露店巡りをした。

露店では知力か精神力を上げるアクセサリーがあったら買おうと思ったが、他の効果も含めて今日はいいものがなかった。残念。

・魔法使いの杖《つえ》：魔法攻撃力＋六　知力＋二　耐久値一二／一二
・魔法使いのローブ：魔法防御力＋二　精神力＋二　耐久値一〇／一〇
・魔法使いの帽子：魔法防御力＋三　知力＋一　精神力＋一　耐久値一〇／一〇
・迷宮牛革のグローブ：物理防御力＋四　体力＋一　器用＋一　耐久値一四／一四
・迷宮牛革のブーツ：物理防御力＋四　体力＋二　耐久値一五／一五
・幸運のネックレス：即死を三回だけ回避する（三／三）
・幸運の尻尾：レアドロップ率が五パーセント上昇。重複効果はない

アクセサリー以外はアンネリーセが持つ装備と同じものだが、効果に多少の違いがある。

着替えはダンジョンの中でするとして、少し早いが昼食を食べることにした。

外を出歩く時は、ジョブは旅人にしている。アンネリーセとロザリナのジョブに比べると、レベル一の旅人は見劣りする。それでも他の人に知られている俺のジョブは旅人だから、これにしている。何かあった時は二人が守ってくれると思うし、大丈夫だろう。

ちょっとオシャレな店に入ったんだけど、定食屋だった。昼は五つのセットしかやってないというので、アンネリーセは肉のセット、ロザリナは魚のセット、俺は肉と魚のハーフセットを頼んだ。

そろそろ米が恋しくなってきた。味噌《みそ》汁も久しぶりに口にしたいな。醤油《しょうゆ》に近いバーガンという調味料があるから、味噌があってもいいと思うんだけどなぁ。味噌は自分で作ったことあるけど、麹《こうじ》がないと作れない。さすがに麹なんて自力でなんとかできないし。

今度ゴルテオさんの店で味噌がないか、聞いてみよう。

ダンジョンに入ったらすぐにダンジョンムーヴで六階層に移動。昨日の続きから探索開始。何度も言うけど、ダンジョンムーヴ、マジで便利。ダンジョンムーヴを知ってしまったら、普通の探索はできないよ。

少し歩いたらすぐにガーゴイルが出てきた。六階層ではガーゴイルしか出てこないのかな。

「エンチャント・ファイア」

小さな火がロザリナに飛んでいき、拳に炎を纏《まと》う。あれ、足にもつかないかな？　次、やってみよう。そんなことを考えている間に、ガーゴイルは瞬殺されていた。

「お疲れ～」

「全然疲れていないのです」

「ご主人様のエンチャント・ファイアが強すぎて、ロザリナの攻撃が三発で終わります」

ロザリナは不完全燃焼だと言い、エンチャント・ファイアが強すぎるとアンネリーセが言う。苦戦するよりはいいよね。

「ガーゴイルは体力が高い代わりに、精神力がかなり低いからだよ」

レベル一八のガーゴイルは物理攻撃力が一〇八、物理防御力が八〇、魔法攻撃力が八、魔法防御力が二。見ての通り、物理防御力は異常に高いが、魔法防御力はかなり低い。

エンチャント・ファイアの攻撃力は、エンチャンターの俺の魔法攻撃力に依存する。レベル八でしかない俺だが、魔法攻撃力は装備込みで一一一もある。

これで魔法防御力の低いガーゴイルに大ダメージが出なければ、ステータスなんて無意味だよな。

「ちょっと試したいことがあるから、つき合ってくれるかな」

「………」

「何を試されるのですか？」

ロザリナは難しいことが分からないから、こういうことには答えない。対してアンネリーセは興味深々で聞いてくる。二人のこういう違いを見るのも楽しい。

「エンチャンターの魔法に、エンチャント・ハードとエンチャント・アクセルというものがある。この二つを試しておきたいんだ」

実戦でいきなり使うのはリスクがある。モンスターを倒した直後の今なら、他のモンスターに襲われることもないはずだ。……多分、しらんけど。

「ロザリナにエンチャント・ハードをかけるけど、いいかな」

「はいなのです」

「それじゃあ、エンチャント・ハード！」

エンチャント・ハードを発動させるが、ロザリナに変わったところはない。

「おかしいな？　発動したと思ったんだけど？　ロザリナ。何か変わったところはないか？」

「………」

ロザリナの返事がない。無視されたわけじゃないよな？

「ご主人様。ロザリナの体を触ってみてください」

アンネリーセがロザリナの腕に手を置いている。俺もロザリナの腕に手を置くと、凄《すご》く硬かった。

「まさか……」

「そのまさかかと」

そこでロザリナが動き出した。

「びっくりしたのです！　体が全然動かなかったなのです！」

「やっぱり」

ロザリナに聞くと、息はでき瞳も動かすことができる。だけど口も体もまったく動かないらしい。

エンチャント・ハードは全てのダメージを無効化するけど、これじゃあ逃げる時に使えないじゃないか。使いどころに困る魔法だな。

「それじゃあ次はエンチャント・アクセルだ。ロザリナ。構わないか？」

「大丈夫なのです！」

「エンチャント・アクセル！」

エンチャント・アクセルを発動させる。

「走ってみてくれ」

「はいなのです」

ビューンッ。

「おおおっ」

「速すぎて見えませんでした」

「俺もだよ」

ロザリナの姿が消えたように見えた。

多分暗殺者なら見えたと思うけど、今の俺はエンチャンターレベル八だから、いやレベルが上がって九になったけど、どちらにしても魔法使い系ジョブの目では追えないくらいの速さになったようだ。

「凄く体が軽いなのです！」

帰ってきたロザリナが嬉《うれ》しそうだ。

当面はエンチャント・アクセルとエンチャント・ファイアでゴリ押しかな。

そのゴリ押しでガーゴイルは瞬殺、探索者のマッピングで迷うこともなく、アンネリーセの魔力感知で罠《わな》にも引っかからない。俺たち、いいパーティーなんじゃないかな。

六階層のボス部屋の前に到着。誰も順番待ちしていない。五階層までは他の探索者の気配を感じて迂回《うかい》していたが、この六階層は探索者の気配があまりしない。

魔法がないとこの六階層は厳しいから、五階層でウロウロして剣士や槍士《やりし》のレベルを上げているんだろうな。上手《うま》くいけば上位ジョブに転職できるかもしれないし、魔導書がドロップするかもしれない。

「今までの傾向だと、ボスは上位種が出てくるはずだ。俺はこのままエンチャンターでいこうと思うが、アンネリーセとロザリナはどう思う？」

「ガーゴイルの上位種なら、物理攻撃に強いはずです。私はエンチャンターでいいと思います」

アンネリーセはいいと言う。

「よく分からないのです」

ロザリナはそう言うだろうと思っていた。

「それじゃあ、俺はこのままエンチャンターで」

唐草模様のドアを開ける。

さあ、鬼が出るか蛇《じゃ》が出るか。そういえば、ゴブリンは小鬼族だったな。その進化種のゴブリンファイターのロザリナは鬼ということになる。もういたよ、鬼さん。

ボス部屋の中に入ってドアが閉まると、ほどなくして床が光った。

「来るぞ」

「はい」

「はいなのです」

光から現れたのは、ソードガーゴイル。これまでのガーゴイルは悪魔の姿をしているだけで武器は持っていなかったが、こいつは剣を持っている。剣を持とうが、槍《やり》を持とうが能力はガーゴイルの上位互換でしかない。他の能力に較《くら》べ、魔法防御力値がかなり低いのは変わらない。

「エンチャント・アイス。行け、ロザリナ」

雪の結晶のような氷がロザリナの拳に纏わりつく。エンチャント・アイスはエンチャンターがレベル一〇になった時に覚えた付与魔法だ。これまでの傾向では、ガーゴイルに対してエンチャント・ファイアよりもダメージが大きくなる。

「はいなのです」

弾《はじ》かれるように飛び出したロザリナは、一気にソードガーゴイルに迫り拳を入れた。多分数発入れているけど、よく見えない。

「ん、これは……」

詳細鑑定の結果を読んでいたら、ソードガーゴイルの特徴が分かった。

「そいつの生命力が三割を切ったら、生命力を全回復するぞ」

「それは面倒ですね。私も攻撃しましょうか」

「いや、この六階層までは俺とロザリナで対処したい。アンネリーセは今までと同じように、危なくなったら介入してくれ」

「承知しました」

やれることは二人でやる。アンネリーセに活躍してもらうのは、七階層からと決めている。

この六階層は攻撃の全てをロザリナに任せると決めて挑んでいる。だったら、ロザリナを信じて全て任せる。それだけだ。

「エンチャント・ファイア」

ロザリナの足に炎が纏わりつく。

ロザリナの拳と蹴りがガリガリとソードガーゴイルの生命力を削っていく。さすがはボスだけあって、生命力が高いから攻撃回数が増える。

「てやっ」

「はっ」

「ふんっ」

ロザリナがソードガーゴイルの剣を躱《かわ》しつつ殴る。精神力と集中力の要る攻防だ。

ここに至るまでにエンチャント・ファイアをかけた後に両手剣の英雄に転職して参戦しようとしたら、エンチャントが切れてしまった。魔法付与中にジョブを変えると、魔法がリセットされるのだ。なんでもかんでも俺の思い通りにはならないということが、よく分かったよ。

「きた。生命力三割で全回復だ」

ソードガーゴイルの体が一瞬光って、生命力が全回復した。ただでさえ硬いのにこれは卑怯《ひきょう》だ。

だがこれを越えなければ、俺たちは先に進めない。

「ロザリナ。集中を切らすなっ」

俺は叫ぶ。

「はいなのですっ」

ロザリナも叫んで応える。

生命力を七割削るのに二分三十秒かかった。

エンチャント・アイスとエンチャント・ファイアの効果は共に五分。

残り二分三十秒でロザリナが削れるソードガーゴイルの生命力は七割。三割足りない。

だが、手はある。俺はそのタイミングを間違えずに、ロザリナに指示する。それができなければ、
俺とロザリナでは勝てないということだ。

「ロザリナ。鉄拳と蹴撃《しゅうげき》を発動させるんだ！」

「はいなのです！」

鉄拳は拳の攻撃時に物理攻撃力値＋三〇ポイント、蹴撃は足で攻撃した時に物理攻撃力値＋四〇ポイントのスキルだ。

物理攻撃だから大きなプラスにはならないが、ないよりはマシというやつだな。

残り二分。残り生命力は八割ちょっと。

残り一分三十秒。残り生命力は七割を切っている。鉄拳と蹴撃の効果で、生命力の減りが早くなっている。

残り一分。生命力は五割ほどになっている。

残り三十秒。残り生命力は三割ちょっと。ここだ！

「ロザリナ。闘気だ！　物理攻撃力値を四倍にするんだ！」

「はいなのです！」

ボフンッとロザリナの存在感が膨れ上がる。

たった三十秒しか持続しないが、ロザリナの物理攻撃力値を四倍にしてくれるユニークスキルだ。

だが、これで終わらない！

「エンチャント・アクセル！」

ロザリナの俊敏値を三倍にする。単純に速度が三倍になるわけではないが、概《おおむ》ね三倍だ。これなら手数も足数も三倍にでき、ソードガーゴイルの生命力を削り切れるはず。

俺にはロザリナの残像しか見えない。それでも火花や氷花が飛び散るのが分かる。

「ロザリナ、いぃぃいぃっけぇぇぇっ！」

「はぁぁぁぁぁぁぁぁぁっ！」

パリンッ。ソードガーゴイルが消滅した。ロザリナが削り切ったのだ。

直後、エンチャント・アイス、エンチャント・ファイア、エンチャント・アクセル、そして闘気

が切れた。

ギリギリの戦いだったが、ロザリナは一度も被弾することなくソードガーゴイルを倒した。

「おめでとうございます。ご主人様、ロザリナさん」

「ありがとう」

「ちょっと疲れたのですが、面白かったなのです」

アンネリーセからドロップアイテムのガーゴイルソードを受け取る。石製の片手剣だけど、鋼鉄の片手剣よりも優秀だ。

俺のステータスを確認するとレベルが一八に上がり、ロザリナもレベル二〇に上がっていた。

「もうすぐアンネリーセに追いつくぞ」

俺は笑顔になる。

「お待ちしています」

アンネリーセが微笑《ほほえ》み返してくれた。この微笑みを見ると、疲れが吹き飛んで元気になる。

「ロザリナもよくやったな」

汗で濡《ぬ》れた髪をワシャワシャと乱暴に撫《な》でてやる。

「あわわわ～」

反応が可愛《かわい》いくて、ついやってしまう。

〈トーイ〉
【ジョブ】エンチャンター　レベル一八
【魔　法】魔力強化（中）　エンチャント・ハード（中）　エンチャント・アクセル（中）
　　　　　エンチャント・ファイア（中）　エンチャント・アイス（低）
【ユニークスキル】詳細鑑定（中）　アイテムボックス（中）

〈ロザリナ〉
【ジョブ】バトルマスター　レベル二〇
【スキル】剛撃（中）　鉄拳（中）　蹴撃（中）　防御破壊（中）　生命力回復（低）　気法（微）
【ユニークスキル】　闘気（低）

・気法（微）：五分間拳に気を纏い、無属性のダメージを与える。魔法攻撃力値＋三〇ポイント。
　消費魔力七。（アクティブスキル）

　ダンジョンの六階層から帰り、探索者ギルドで換金した。換金中に背中がモゾモゾしたから誰かが俺を狙っているのかと思って振り向いたけど、人の目が多すぎて誰が嫌な視線を投げてきたか分からない。

そもそものことだが、俺たち三人は美人だ。不本意だけど、俺を含めて三人とも可愛らしい顔をしている。ガサツな探索者たちに厭《いや》らしい視線を向けられても不思議はない。

後方を気にしながら待っていると、無事に換金できた。

・Fランク魔石　三二個×六〇〇グリル＝一万九二〇〇グリル

・石化の短剣（レア）　二本×二万五〇〇〇＝五万グリル

・ガーゴイルソード　一本×一万六〇〇〇グリル＝一万六〇〇〇グリル

※合計八万五二〇〇グリル

ガーゴイルのレアドロップアイテムである石化の短剣が二本もドロップしたから、そこそこの額だ。すでに一本持っているから、この二本は売っても問題ない。

「今日は少し早く戻ってきたから、何か食べて帰るか。二人は何が食べたい？」

俺がそう言うと、二人の顔がパッと明るくなった。別に暗くはなかったけど、美少女度が一段上がったような感じだ。

「なんでもいいぞ。何が食べたい？」

「私はジョルド亭のクーのバーガン煮が食べたいです」

クーは川魚なんだけど淡白で美味《おい》しい魚だ。それをバーガンで煮込んだものがクーのバーガン煮。そのままだな。

俺はジョルド亭に行ったことはないが、アンネリーセが言うにはかなり美味しいらしい。

「私は池イカの姿焼きがいいなのです」

「そんな安いものでいいのか？」

ロザリナは池イカの姿焼きがお気に入りだが、何でもいいと言われて選ぶほど好きになってしまったらしい。

「それじゃあ、池イカの姿焼きを買ってからジョルド亭に寄るか」

「はい」

「はいなのです」

「ちょっとよろしいですか？」

ん？　今、変な声が混じった？　振り返ると、四十歳くらいの男性が微笑んでいた。

「少しお時間をいただきたいと思って声をかけさせてもらいました」

おじさんは一定の距離感を残しつつも踏み込んでくる。なかなかやるな。

「なんでしょうか？」

「私はこのケルニッフィを治めておいでのガルドランド公爵閣下に仕える者です」

「っ!?」

あの公爵の部下か。まさか俺の正体が？　どうして分かった？

「トーイ殿が四階層を踏破したと聞き、こうしてやってきたわけです」

「四……階層？」

どういうことだ、盗賊の件じゃないのか？

「ご主人様」

アンネリーセが小声で俺を呼び、袖をちょんちょんと引っ張った。

「四階層を踏破していると、大概はレベル一〇を超えています。公爵家の兵士にスカウトされているのです」

喧騒《けんそう》に掻《か》き消されそうな小さな声で耳打ちしてくれた。以前にレベル一〇を超えた辺りでスカウトされると聞いたことがある。なんだ、そっちか。焦って損をした。

でも俺が四階層を踏破したのをどこで知った？　探索者ギルドしかないが、どうやって？　どいつが俺の情報を流した。受付嬢か？　それとも裏方の奴か？

「ご主人様。あちらに探索者の探索状況が貼り出されています」

「え？」

壁になにやら貼り紙があるが、それに四階層以上を踏破した探索者の名前が出ているらしい。

個人情報ダダ洩《も》れじゃないか。

「すみません。しばらく探索者をしてなかったので、すっかり忘れていました」

「いや、アンネリーセが悪いわけじゃないから、気にしないでいいよ」

そういったことを気にするべきは俺だった。もっと探索者ギルドの中を見て回るべきだったんだ。

「どうでしょうか、一度政庁で話をさせていただければと思うのですが」

「せっかく声をかけていただいてありがたいのですが、私などにとても宮仕えができるとは思えません。それに四階層を踏破できたのもここにいる二人のおかげで、私は弱いので公爵様のお役には立てないと思います」

ジョブ・旅人は戦闘ではレベルアップしない。だからレベル一でも怪しまれない。だけどそれでは怪しまれるから、二人がいるおかげでダンジョン探索ができているのだというスタンスだ。

「なるほど、そちらの二人が……。失礼ですが、譲っていただくわけには？」

「ご冗談を。どれほどの大金を積まれてもお譲りできません」

「左様ですか。残念ですな」

「では私はこれで」

公爵の部下の横を通り過ぎようとして、俺は固まった。

ギルドの入り口から、あの化け物が入ってきたのだ。公爵家を武において支えるバルカンだ。バルカンの佇《たたず》まいは他の誰とも違う。全身から圧倒的な闘気を発しているようだ。その存在感はまるで剣のように鋭く、俺の身に突き刺さってくる。

「ご主人様……」

「怖いなのです……」

アンネリーセとロザリナもバルカンの異常に鋭い圧に当てられているようで、顔を真っ青にしている。

バルカンが固まっている俺の前で止まる。元々巨体だけど、それ以上に大きく見える。くっ、これはマズい。なんとか逃げないと。

「し、失礼……」

バルカンを避け、全身の力を足に集めて動かそうとした。

「待て」

「っ!?　……な、何か？」

怖《こえ》ぇぇぇっ。顔面凶器だろ、こいつ。

「俺についてこい。逃げることは許さん」

そう言うと、剣の柄《つか》に手をかけた。

どうして俺を？　レベル一〇だと思ってスカウトに来た？　そんなことでこいつが出てくるとは思えない。公爵は俺のことを知ったのか？

逃げるのは得策ではない。少なくともこいつの前で逃げることはできない。

「あ、アンネリーセとロザリナは家に戻っていて」

「しかし……」

「ご主人様……」

「大丈夫だ……二人は家に」

大丈夫だとは思えないが、これ以外に言葉が思い浮かばなかった。

二人を帰して、俺はバルカンについていく。その周囲には兵士が六人。さっきのスカウトのおじさんもいる。これはスカウトの一環なのか？

いや違う。スカウトは時間稼ぎだ。バルカンが来るまでの時間稼ぎだったんだ。やられた……。

そう考えると、バルカンが俺の正体を知っている可能性が高い。公爵は俺をどうするつもりだ？

まさか殺そうとか捕まえようとかするのか？

城がどんどん近づいてくる。ドナドナドーナーとバックミュージックが聞こえるようだ。

いつでも逃げられるように準備はしてある。アイテムボックスに武器も入っている。食料もある。

お金もある。だが逃げるのは最後の手段だ。

無言のまま城の中に入っていくが、腰に差しているだけの鉄の剣は取られた。ミスリルの両手剣
じゃないから構わない。


「レコードカードを確認する」

細面《ほそおもて》の文官が詠唱し、俺の胸からレコードカードが出てくる。何度見ても不思議な光景だ。

問題ないと言われ、レコードカードが返された。死んだ人のレコードカードは一年で消えるけど、
生きた人のレコードカードは十分ほどで自然に消えるからポケットに入れておく。盗まれても自然
に消えるから、問題ない。

城内でも無言で進む。このまま行くと……。

「入れ」

公爵の執務室だ。もちろん公爵が自分の席に陣取っている。帰りたい。

公爵は相変わらず表情筋が動かない。

「ガルドランド公爵閣下である」

バルカンがそう言うけど、俺はどうすればいいのか分からない。しょうがないよね、俺、平民だよ。公爵と話すのもちゃんと会うのもこれが初めてなんだ。

「あの……礼儀作法を知らないのですが……」

「構わん」

公爵の渋い声。

「さて、バルカンが連れてきたということは、そうなのだな」

「はい。間違いなく」

なんの話？　バルカンがなんだというの？　二人の間でどんな話になってるの!?

「トーイとかいったな」

「はい」

「面倒なことはいい。褒美を取らす。意味は分かるな」

面倒なことって、これ以上面倒なことはないでしょ。そのことを無視してもだ……褒美をくれるということは、俺のことはすでにバレているということだろう。

「な、なんのことでしょうか？」

俺は認めないよ。認めないったら、認めない。

「シャルディナ盗賊団のことだ。この名簿をプレゼントしてくれただろ」

名簿を手に取って見せてくる。一応悪あがきしてみるか。

「心当たりがありません。ですから褒美を受け取るわけにはいきません」

「構わん。私が恩に報いた。そういうことになればいいのだ。其方《そのほう》の心情や都合は二の次だ」

ぶっちゃけたな。でも言葉通りに受け取れるわけない。この人は俺がその名簿を渡したことを確信している。なんでバレたのか聞いてみたいが、聞けば認めたことになる。さて、どうする？

「私には心当たりがないのですが、それでも褒美をくださると仰《おっしゃ》るのですか？」

多分だけど、バルカンだ。あいつが俺をここに連れてきたから、公爵は俺が名簿を渡したと確信した。でもバルカンはどうやって俺のことを判別したんだ？　詳細鑑定で見ても、鑑定やそれに類するスキルはない。どういうことだ……？

っ!?　まさかこれか、これなのか!?　バルカンの説明を見ていて気づいたが、こいつは野生の勘が働くとある。野生の勘で俺を特定したというのか!?

「その通りだ」

俺が否定しても無理やり褒美を渡す。そういったスタンスだから、俺が拒否しても受け入れないようだ。ここは否定しながら、褒美をもらっておくか。それで公爵の気も済むだろう。気が済めば俺に絡まない。そう願いたいものだが、どうだろうか？

「心当たりはありませんが、公爵様がこちらの都合は関係ないと仰りますのでいただきます。ですが、後から間違いだったと仰られても私は何もできませんので」

「うむ。では、褒美の内容だ」

ゴルテオさんからは、盗賊退治を手伝って五〇万グリルをもらった。公爵はどれほどの金額を出すのかな。少なすぎたら笑うけど、あまり多すぎても引く。元は税金で公爵の金ではないから、無駄遣いしないでほしい。

そういえば、シャルディナ盗賊団の屋敷にあったあの金庫の中身はなんだったんだろうか？　でも、これを聞いちゃうと、自分で白状していることになる間抜けな構図だよな。気になるけど、聞かないでおこう。

「探索者トーイ」

「はい」

背筋を伸ばす。

「其方を名誉男爵に叙する」

「は……はい？」

「聞こえなかったか。名誉男爵に叙すると言ったのだ」

「……褒美はお金ではないのですか？」

「誰がそんなことを言った？」

「……誰も言ってません」

おーいっ！　そんなこと普通思わないだろっ！

「ザイゲン。すぐに手続きをしろ。それと貴族の心構えを教えてやれ」

「承知いたしました」

俺、嵌《は》められた？　くっ、こうなったら貴族の権力にものを言わせてやる！

「以後、何かあればそこのザイゲンに相談しろ」

「は、はい……」

マジか……。俺、貴族になったのか？　こんなことは予定になかった。どうしたらいいんだよ？

呆然《ぼうぜん》と立ち尽くす俺だった。

三章　名誉男爵の薦め

目の前には気難しそうな眉間のシワと、鋭い視線を持つ公爵家家宰ザイゲンが不機嫌そうな表情で座っている。その横には極悪非道な盗賊も裸足《はだし》で逃げ出すであろう、公爵家騎士団長バルカンもいる。ザイゲンのほうは分かるけど、なんでバルカンもいるんだ？

「まず、名誉男爵というものを理解してもらう。名誉貴族は一代限りの貴族位だ。よってトーイ殿の子孫に引き継がれるものではない」

俺自身も貴族位なんて要らないんですけど。

くすんだ金髪に白髪が混じるザイゲンは、どさりと二十センチくらいある紙の束をテーブルに置いた。

「これは持ち帰って全てに目を通してもらうが、重要なところだけはここで説明する」

これを全部読めだと!?　厚さが二十センチもあるんだよ!?　ゲームのペラペラな取説でさえ読まない俺なのに……。

救いは羊皮紙のような厚手の皮紙の束だということか。百枚はないと思いたい。

「爵位としては、男爵と同じ権限と責任を持つ」

権限と責任……。大げさな表現だけど、そう言うからには何か面倒なことが含まれているんですよね。

「公爵家の有事の際には、何をおいても駆けつけてもらう」

「有事というのは、どんなことでしょうか」

「戦争、大規模な盗賊討伐などだ。あとは大評議会が年に二回、定期的に行われる。これの予定は事前に決まっている」

その大評議会の内容を聞きたいんだけど。

「年初に行われる大評議会は、公爵家における昨年の総括、そして新しい年の新方針を公爵閣下が発表される」

何その難しそうな内容。そんなものに出席しても、俺には何もできませんけど。

「晩夏から初秋に行われる大評議会は、中間発表のようなものだ。これらは公爵家に仕える全貴族に出席が義務づけられている」

「私は公爵様の発表を聞くだけでしょうか？」

「次に行われる年初の大評議会では、新しい貴族として自己紹介をしてもらうことになる」

うげ、マジか。自己紹介なんてできないぞ、俺。異世界から転生してきましたトーイです！　なんて言えるわけないじゃん！

「自己紹介後は、意見を求められない限り発言しなくてもいい」

意見を求められたら喋《しゃべ》れということですね！　なんだか意見を求められそうな、嫌な予感。

「そのほか不定期に発生するものについては、その時にこちらから連絡する」

「あの、探索者としての活動をしてもいいですか？」

ダンジョンに入ってレベル上げできないなら、完全拒否するよ。

「今のところトーイ殿に役職はないから問題ない」

拒否しても押しつける感じだったからもらったけど、公爵側は俺のことをよく調べているようだ。逃げてもよかったが、これだけ調べられていると無理ではないにしても、厳しいことになるんだろうな。逃げたら、少なくともこの国では生きていけなくなる。他国に逃げてもいいが、それは最後の手段だ。我慢できることはして、できなくなったら逃げるなり公爵を追い込むなりすればいい。それまでに公爵を追い込む力を蓄えよう。

幸い、ダンジョンには入れるようだから、レベル上げできる。暗殺者のレベルを上げて公爵はもちろんのこと、バルカンに気づかれないようになりたい。かなりレベルを上げないといけないけど、今のところ実害はなさそうだから問題ない。

「名誉男爵には年間一二〇〇万グリルの俸給が与えられる。役職に就いた場合は、その役職手当もつく」

一二〇〇万グリルって一億二〇〇〇万円かよ。そんな大金を大評議会に二回出席するだけでもらえるのか。貴族ってパネェな。

「通常、屋敷はこちらで手配するが、今トーイ殿が住んでいる屋敷を買い上げて与えるように手配する。それでいいか？」

「屋敷まで……いいのですか？」

あの口ぶりから色々調べているようと思っていたけど、屋敷の場所くらい把握しているよね。借家ってことも。はてさて、どこまで俺のことを調べているのか？

「他の貴族家にも同じことをしているから問題ない。それにトーイ殿が住む屋敷の規模は、男爵として相応のものだ。ただし他にも屋敷を買う場合は、自分で購入してもらう。公爵家が与えるのは、あくまでも一軒だけだ」

別荘買いたいから金出してなんて、普通は言わないよね。

「俸給は毎年年初に一括で支払われる。男爵は年間一二〇〇万グリルを与えるが、今年はあと二カ月を残すのみだから月割りの二〇〇万グリルと、支度金一〇〇万グリルを渡しておく」

この世界でも一年は一二カ月だから、月当たりの俸給は一〇〇万グリルになる。残り二カ月だから二〇〇万グリル。そして支度金の一〇〇万グリルを合わせた三〇〇万グリルが入った革袋がテーブルの上に置かれた。

もらったら最後、もう逃げられない。公爵が無茶ぶりしてこなければ逃げるつもりはないけど、紐付《ひもつ》きになった気分だ。公爵としては、紐付きにするのが目的なんだと思うけど。

「トーイ殿が雇う使用人と騎士、兵士については、その俸給で賄ってもらう。男爵には最低一人の騎士と五人の兵士を雇う義務が発生する」

使用人はともかく、騎士と兵士を雇うなんて初めて聞いたんですけど!?

「トーイ殿は探索者であり、他の土地から流れてきたようだから、既知の者が少ないだろう。必要であれば騎士と兵士はこちらで紹介しよう。今すぐ決めろとは言わぬ。今年中に雇うようにしてくれ」

二カ月で騎士と兵士を雇えというのか。紹介してもらおうかな……。いや、まずは帰ってモンダルクに相談してみよう。モンダルクは貴族に仕えていたと言っていたから、そういうことに詳しいはずだ。

「細かいことは資料をしっかり読んで頭に入れてもらうが、まずは家名を十日以内に決めてくれ」

「家名……ですか」

「貴族には家名が必要だ。そして紋章だな。紋章は他で使われていないものをデザインしてもらう。明日の朝、またここに来てくれ。紋章官に引き合わせよう」

オリンピックの銀メダルのような、シルバーのメダルをザイゲンがテーブルの上に置いた。

「ガルドランド公爵家の臣下の身分を証明するメダルだ。どこへ行ってもそれを出せば、ガルドランド公爵麾下《きか》の名誉男爵だと証明できる。それを失《な》くした場合、爵位の没収だけでなく厳しい処分が言い渡される。肌身離さず所持するように」

失くしたら爵位の没収と聞いて心躍ったが、プラスアルファの処分があるのかよ。ちっ。

「さて、最後に……貴族は特権を与えられているが、それは犯罪をしてもいいということではない。逆に厳しく処罰されることになる。特権を持つがゆえに、平民に範を垂れるのだ。それを決して忘れぬように」

犯罪者になる気はない。この世界はレコードカードで簡単に犯罪歴が確認できる。犯罪者は一生犯罪者として生きていかないといけないのだ。

特権の話が出たから、あのことを確認するか。貴族の特権で支配奴隷を解放できないかと思ったんだ。刑期を決めているのは貴族のはず。だったら刑期を軽減できるんじゃないかと。

「質問はあるかね？」

「支配奴隷の解放はできますか？」

その質問に、ザイゲンの眉間のシワが深くなる。そんなに嫌そうな顔をしないでよ、クズは解放しないから。

「重犯罪者でなければ、トーイ殿がその後の行動を保証するということで解放は可能だ」

「重犯罪者……」

「等級で言うと、一級と二級犯罪者だ。つまり三級以下の犯罪者は解放可能である」

たしかアンネリーセは二級犯罪者だったはず。事故だったけど、被害が大きかったのが痛い。それくらいしか使い道のない特権なのに、この特権で解放できないのはとても残念だ。

アンネリーセを解放することで割り切ろうと思ったけど、無駄なものをもらってしまった……。

「トーイ殿の魔法使いの奴隷は支配奴隷だったな」

「はい。彼女はダンジョンで呪いを受けて、その呪いを解く研究をしていて事故を起こしました。情状酌量の余地はあると思ったのです」

「ほう、呪いを……それはどんな呪いなのだ？」

「年齢に三百歳加算される呪いです。彼女はエルフだから生きていましたが、ヒューマンなら呪いにかかった瞬間に死んでいたでしょう」

「なるほど……三百歳か……」

ザイゲンはブツブツ言って考えに耽《ふけ》った。どうでもいいが、バルカンは喋らないのか？　何もせずにそこにいるだけなの？　バルカンはただジッと俺の顔を見つめている。俺、そっちの気はないからね。

「ふむ。その件は公爵閣下に伝えておこう」

「え!?」

「呪いが原因なら情状酌量も考えられる。もっとも被害者にとっては納得できるものではないため、公爵閣下がどのような判断を下すかは私にも分からぬ」

それでも奴隷から解放される可能性があるの？　それだけでも希望があるってことですよね！

「ああ、奴隷で思い出したが、シャルディナのことだ」

シャルディナって、あの盗賊の婆《ばあ》さんか。婆さんがどうしたの？

「シャルディナは一級の支配奴隷として鉱山に送られることになった」

シャルディナのレコードカードの記載は犯罪歴のオンパレードだった。殺人や詐欺、強盗、放火、なんでもござれだ。性別関係なく女性でも男性でも強姦していた。それには素直に驚いた。

そんなシャルディナだけど、死刑じゃないんだね。この世界に死罪は滅多にないのかな？

「鉱山に送られたほうが、長く苦しみを与えられるという判断だ」

過酷な労働環境で使い潰《つぶ》すわけか。自業自得、因果応報といったところだな。しかし怖いな。俺は悪いことしてないよ、本当だよ。

「それをなぜ私に？」

言っておくけど、俺には関係ないととぼけるからね。

「ふっ。特に他意はない」

それでザイゲンの話は終わった。さて、バルカンはなんのためにここにいる？

「バルカン殿から何かあるかね？」

「明日紋章を決めた後、訓練場に」

「公爵様にも言いましたが、私は戦えませんので」

「戯言《ざれごと》はいい。必ず来い」

ガバッと立ち上がって部屋を出ていく巨躯《きょく》。俺は呆然《ぼうぜん》だよ。明日死んじゃうのかな？

「まったくバルカン殿にも困ったものだ……」

「行かなきゃダメでしょうか？」

ザイゲンが目頭を押さえてから、俺を見る。もったいぶるなよ、心配で心臓発作起こしそうだよ。

「行かねば、屋敷まで押しかけると思うぞ」

「……それは勘弁してほしいですね」

今夜のうちに夜逃げしようかな。


自分の屋敷の玄関ドアを開けたら、アンネリーセが飛びついてきた。柔らかいアンネリーセの体を受け止めて、ＯＰＰＡＩを触る。これはわざとではない。たまたまそこに手があり、ＯＰＰＡＩ

があっただけだ。

「ご主人様……」

その後ろではロザリナと全使用人が待っていた。夜遅くなったのに、帰りを待っていてくれたんだね。

「アンネリーセ、それに皆。ただいま」

全員の「おかえりなさい」の大合唱。この言葉がこんなに気持ちいいものだとは思わなかった。

「俺は大丈夫だ。ちゃんとここに帰ってきた」

そう言って使用人たちに寝るように促す。

「モンダルク。夜遅いところすまないが、少し話がある。リビングで待っていてくれ」

「承知しました」

俺から離れようとしないアンネリーセを見る。

「今日は遅いからアンネリーセも寝なさい」

「ご主人様と一緒がいいです」

「……分かった。リビングに行くから離れてくれるか」

「このままではいけませんか？」

うっ。そんな可愛《かわい》い上目遣いされたら、断れないじゃないか。

「分かったよ」

まるで子供みたいだ。可愛いからウエルカムだけどね。

「ロザリナは先に休みな」

「私もご主人様と一緒にいたいなのです」

ご主人様の言うことを聞こうとしない。俺の奴隷たちは困ったものだ。

二人を連れてリビングに入ると、モンダルクはハーブティーを淹《い》れてくれた。カフェインなしのハーブティーで、緊張で凝り固まった体を柔らかく解《ほぐ》す。

「美味《うま》いよ、モンダルク」

「ありがとう存じます」

モンダルクに座るように促し、俺は名誉男爵になったと語った。

「それはおめでとうございます」

めでたいのかな？　一般的にはめでたいんだろうな？　俺、一般じゃないのか？

「ご主人様。おめでとうございます！」

「おめでとうなのです。ご主人様」

アンネリーセとロザリナも喜んでくれているが、地雷のような気がするんだよな……。

公爵にいいように顎《あご》で使われる未来が見えるのは、俺だけだろうかな？

「今年中に騎士一人と兵士五人を雇わないといけないらしい。俺はこの土地に来てまだ日が浅い。そういった人材に心当たりもなければ、どういう人物がいいのかも分からない。モンダルクに心当たりはないか？」

「わたくしもこちらに来て日が経《た》っておりませんが、騎士に一人だけ心当たりがございます」

「本当か。その人はどういった人なんだ？」

身を乗り出してその人物のことを聞くと、モンダルクはゴホンッと一回咳払《せきばら》いをする。それで俺も座り直し、ハーブティーを口に含んだ。

「わたくしと同じ国の出身で元々騎士をしていた者です。わけあってわたくし同様このケルニッフィに流れてきております」

元騎士なら、騎士の教育とか受けているだろう。人物さえ良ければ、雇いたい。

「人柄は？」

「真面目な人物です。真面目すぎて融通が利かないところがありますが、人間としては信用できる者です」

真面目は嫌いではない。だけど、何事にも程度がある。度を越した真面目は害悪になるから、そういった人じゃなければいいと思う。

「その人物に会いたい。手配できるかな」

「承知いたしました。連絡いたします」

その人物で決まってくれればいいな。探索者の多くは他の公爵をはじめとした貴族たちが唾をつけてるようだし、切羽詰まったらザイゲンに頼めばいいだろう。紐付きになるのは嫌だけど、もう紐付きになってしまったもんな……。

「あと、貴族のことがまったく分からないんだ。この資料を読めと言われたけど、この中に書いてあることが全てではない。俺はそう思う。モンダルクが分かる範囲でいいから、貴族のことを教えてほしい」

「わたくしがどれほどのお力になれるか分かりませんが、全力でお手伝いさせていただきます」

「そうか。助かるよ」

今日は遅いから細かい話は明日城から帰ってきてからということになった。

さて、風呂に入って休むか。

アンネリーセが離れない。さすがにロザリナは風呂についてこなかったけど、アンネリーセは風呂にもついてきた。もちろん一緒に入ったよ。いつも通りだ。二人で体を洗いっこする。洗う目的でアンネリーセの体をくまなく触りまくる。

石鹸《せっけん》をつけて優しく撫《な》でるように、アンネリーセの水を弾《はじ》く肌に触れる。ＯＰＰＡＩもＯＳＨＩＲＩもくびれた腰も、じっくりと洗っていく。柔らかいのに、押し返してくる程よい弾力が心地いい。

精神力値が一番高いエンチャンターに変えておいてよかった。俺の理性は精神力に支えられていると感じたよ。

「今日は遅くまで待っていてくれて、ありがとうな」

「私は何もしてません。ただ寂しかったです。とても不安だったのです。もうご主人様と離れるのは嫌です」

「アンネリーセ……」

俺は思わずアンネリーセを抱きしめていた。彼女に寂しい思いをさせてしまい、すまない気持ちでいっぱいだ。本当にすまない。

風呂場の外でロザリナは待っていた。一緒に入ればいいとは思わないが、寒いから部屋で待てばよかったのに。

寝る時は左にアンネリーセ、右にロザリナ。もっともこれはいつものこと。だけど今日は二人とも俺の腕にしがみつくように寝ている。

二人とも俺がバルカンに連れていかれたのが、とても怖く不安だったようだ。アンネリーセだけじゃなく、ロザリナにも悪いことをしてしまった。

「俺はどこにも行かないよ」

「はい」

「はいなのです」

二人を腕枕して、髪を撫でる。

この二人を捨ててどこにも行かない。仮に逃げることになっても、二人は必ず連れていくから安心してくれ。

公爵から褒美だと名誉男爵に叙されることになった翌日、俺はザイゲンに言われたように紋章を決めるため城に入った。中年の男性と紋章について話をし、少し驚かれはしたものの問題なく話は進んだ。

紋章の話が終わると、訓練場に入った。俺は帰ろうとしたんだ。でもバルカンに捕まってしまい、訓練所に連れてこられた。そして……。

「あぁぁ……」

俺は地面に膝をつき、荒い息で肩を弾ませる。こんなことになったのも、バルカンのせいだ。

「立て。立って剣を振れ」

なぜか俺は剣を振らされている。有無も言わさずというのは、このことだろう。

ドナドナされた俺は、いきなり剣を持たされバルカンに打ち込めと言われた。

あれからかれこれ三時間……。

「み、水を……」

「訓練中に水など飲まぬ」

昭和のスポ根かよ！

「きゅ、休憩を……」

「休憩などしたら強くなれん」

レベル上げれば強くなれるだろ！

こいつ、完全に昭和スポコン野郎だ。いや、戦前の軍隊だ。

やっぱり俺はこいつに殺されるのか……。

いつの間にか気を失っていたようだ。

「っ!?」

起き上がると、体中が痛い。筋肉痛なんて何年ぶりだ？

腕プルプル、足ガクガク、ちょっと体を動かそうとしたら激痛が走る。

「起きたか。あの程度で倒れるとは情けない」

お前のような化け物とは違うんだよっ。

「それでは戦場で死んでしまうぞ」

戦場なんて出たくないよ。

「鍛えろ。さすれば、戦場でも生き残れる」

まさかとは思うが、俺のことを心配してるのか？

「さあ、続きをするぞ」

げっ!?

屋敷に帰った頃には夜になっていた。体中が痛くて、帰ってくるのに凄《すご》く時間がかかったよ。

バルカンの野郎め、いつか勝ってやる。絶対勝つ。そしてバルカンをぶっ飛ばす！

悔しいが、これは俺にない剣の腕を磨くのに丁度いい。レベル頼みではいつか頭打ちになりかねない。思わぬところで剣の訓練ができたと前向きに考えよう。

バルカンのような奴はレベル以上の力を持っている。俺もレベルに依存しない地力をつけてやる。

そしてあの化け物に勝って地面を舐《な》めさせてやる。

「ご主人様。お帰りなさいませ」

「お帰りなのです」

「ただいま」

倒れそうになった俺を二人が支えてくれた。

「どうしたのですか？」

「大丈夫なのですか？」

「バルカンの野郎にしごかれただけだ。筋肉痛が酷《ひど》いだけだよ」

モンダルクが音もなく近づいてきて一礼する。

「お風呂の支度が整っております。お入りください」

「助かるよ」

できる執事は分かっているね。風呂に入って筋肉疲労を少しでも癒《いや》したかったところだ。

二人に支えられて風呂場へ。服を脱ぐのを二人に手伝ってもらう。というよりも、二人に脱がせてもらう。体が悲鳴をあげていて、無理だ。そして当然のように服を脱ぐアンネリーセと、外に出ていくロザリナ。

手を伸ばせばアンネリーセのきめ細かな肌に触れられる。悪魔（右手）と天使（左手）が鬩《せめ》ぎあう。そんなことにはならない。何せ、腕を上げることもできないのだから。

「どうしたのですか、ご主人様？」

「な、なんでもない。体中が痛いだけだ」

「そうですか。では、お支えしますね」

ボインッ。ムニュッ。OPPAIが当たってます！　二つの大きなOPPAIが俺を支える。柔らかな肌の感触が、OPPAIの感触が、俺の脳内を侵食していく。

俺は横たわって体を洗ってもらうのだが、目の前を二つのメロンが行ったり来たり。とても美味《おい》しそうだ。体さえ動けば、貪《むさぼ》りついていたかもしれない。しかも体は動かないのに、あそこは敏感に反応している。俺も若い男だから仕方がないんだよ！

今日のアンネリーセはいつも以上に積極的だ。

朱に染まったアンネリーセの頰《ほお》は、温かなお湯のせいか？　それともアンネリーセも求めているのだろうか？　分からん。分からんが、本当にもうダメだ。そんなに丁寧に息子を洗われたら爆発してしまう！

「あ、アンネリーセ。そこはもういいから……」

「承知しました」

これ以上は本当にダメだから。

石鹸をお湯で流してもらう。ああ、元気な息子がよく目立つ。もうお婿さんに行けないよ。

恥ずかしいから、今日決めてきた紋章のことを考えて気分を変えようと思う。

公爵家の紋章は二体のドラゴンが向かい合って竜玉を掴《つか》んでいるものだった。公爵麾下の侯爵や伯爵はドラゴンが一体で、何かアクセントをつけている。子爵と男爵はオオカミやトラを使うデザインが多い。準貴族の騎士は剣、槍《やり》、盾が多かった。

俺は植物の藤を使った。前世で俺の家の家紋に藤が使われていたからだ。あの勇者たちが俺の家の家紋を知るはずがないので、少し変えて藤が左右に垂れているものにした。

藤を紋章に使っている貴族はいない。紋章官は藤のことさえ知らなかったし、植物を紋章に使う貴族は少ないからかなり珍しいと言われた。

風呂から上がって、紋章のデザインをモンダルクに渡した。屋敷の門のところにこの紋章を掲げるらしい。他にも騎士や兵士の鎧《よろい》などにも紋章を入れたりするらしい。色々なところで紋章が使われるんだとか。

さて、転生十八日目の昼は散々だったが、最後は良い一日になったよ……。今日もアンネリーセとロザリナと共にベッドに横になる。俺は動けないから、二人がベッドに横たわらせてくれた。今日はよく眠れそうだ。昼の激しい訓練の後に、風呂でアンネリーセのなすがままだったなんて思うと、恥ずかしくて身悶《みもだ》えてしまう。

両腕にかかるアンネリーセとロザリナの頭の重さで目が覚める。こんなに可愛い少女たちの寝顔を見て目覚める朝は最高だ。

「これで筋肉痛がなければ……」

一晩中二人の頭を乗せていた腕だけじゃなく、足も腹筋も背筋も体中がどこもかしこも痛い。

「ごしゅじんしゃみゃぁ……」

ロザリナに呼ばれたが、どうやら寝言のようだ。幸せそうに寝ている。

「おはようございます。ご主人様」

アンネリーセが起きたようで、宝石のようなエメラルドグリーンの瞳が真っすぐ俺を見つめる。引き込まれそうなくらい澄んだ瞳だ。

ロザリナも起きた。だけど、俺はベッドから起き上がれない。筋肉痛のせいだ。

転生十九日目の朝は動くのも厳しい状態から始まった。

情けないが二人に支えられながら一階へ下りていく。モンダルクたちがすでに食事を用意してくれている。

「おはようございます。旦那様」

「おはよう」

椅子に座ると、ホッと息を吐《つ》く。

だが、問題はここからだ。腕が上がらないんだ。

「ご主人様。食べさせて差し上げます」

「すまない、頼む」

アンネリーセがすぐ横に移動し、料理を切り分けてくれる。

「ご主人様。あーん」

アンネリーセが切り分けた目玉焼きを、俺の口に。

「あーん。もぐもぐ……美味い」

ゾッパの料理は元々美味いが、アンネリーセにあーんしてもらうと魔法のスパイスがかかったようにさらに美味しくなる。

アンネリーセのおかげでひもじい思いをせずに済んだ。本当に助かるよ。


「旦那様。本日のご予定ですが、食後に例の騎士候補者の面接をお願いします」

「了解」

モンダルクの知人の騎士候補者がもうすぐやってくるらしい。そういえば、俺、貴族らしい服を持ってないな。公爵に会った時も正装じゃなかった。どーでもいいか。

「それとテーラーを呼んでおります。面接の後にご対応をお願いいたします」

「テーラー？」

なんじゃそれ？

「服を仕立てる者にございます。旦那様は服に無頓着にございますので、お呼びいたしました」

「お、おぅ……了解」

服のことを考えた途端に、テーラーを呼んだことを言うモンダルクはエスパーなのか？

自室でザイゲンにもらった資料を読んでいると、モンダルクの知人がやってきた。

応接室に入ると、大柄のクマの獣人がいた。どこかで見たような人物だ、どこだったか？

「トーイという。よろしく」

「ミリス＝ガンダルバンと申します」

「ミリス……」

どう見ても男だが、女性なのか？　クマの獣人は女性でも大きいと思うが、こんなに厳《いか》つい顔なのか？　性別を間違えるのは失礼だよな。詳細鑑定に聞くか。

「よく女性と間違われますが、男です」

俺が考え込んでいたら、苦笑された。悪いことをしてしまったようだ。

「……すまん」

「いえ」

ソファーに座って、ミリス……ガンダルバンにも座るように促す。そこで思い出した。このガンダルバンとはダンジョンの四階層のボス部屋の前で会っている。

「久しぶりだな」

「まさかあの時の方が、貴族になられるとは思ってもいませんでした。その節は大変失礼いたしました」

いや、ガンダルバンは失礼なことはしていない。失礼なのはそのパーティーメンバーのオオカミ獣人だ。

ガンダルバンは青みがかった黒い毛を短く刈り揃《そろ》えている。背丈は二メートルくらいあるが、横にも広い。ソファーを二人分使っている。頭の上に可愛らしい丸みを帯びたクマ耳がある。強面《こわもて》だけど、耳は可愛い。

「あのオオカミの獣人は元気にやっているか？」

とりあえず、共通の話題を振ってみた。

「あの者は田舎に帰しました」

「ん、どうした？」

仲間割れか？　その気持ちは分かるぞ。俺なら即行でパーティーから追放するな。あいつが追放系主人公だとしても、そんなことは知らん。

ガンダルバンは言いにくそうに口を開いた。

「四階層のボスはなんとか無事に倒せましたが、五階層の迷宮牛に腕をやられてしまい、探索者を続けることができなくなったのです」

あのオオカミ獣人は俺が感じたように問題児だったらしく、メンバーと連携することなく戦っていた。もちろんガンダルバンはそれを何度も注意したが、跳ねっ返りのオオカミ獣人は聞く耳を持たなかったらしい。

五階層の迷宮牛は複数で出てくることもあり、ガンダルバンが一体を引き受けている間に他の五人が別の一体を倒す戦術を取っていたらしい。

好き勝手やっていたオオカミ獣人は、一人で迷宮牛に突っ込んで鋭い角に右腕を貫かれて、腕を切断する大怪我《おおけが》を負ったそうだ。

ポーションはある程度の傷を瞬時に治してくれるが、ちぎれた腕を治すほどの効果はない。ポーションを何本も使って傷口を塞《ふさ》いで失血を抑えるくらいなものだ。

「話を聞く限りは自業自得だが、それを俺に話したらガンダルバンの統率力の評価が下がるぞ」

俺に仕官しようと面接に来ているのに、マイナスの話をしていいの？　まあ、俺はむしろ好感度が上がったけどね。そういうマイナスの話は誰でも隠したがるもので、それを隠さない誠実さが感じられる。モンダルクが言っていたように、真面目な人のようだ。

「そういったことを隠して仕官するつもりはございません」

潔《いさぎよ》いじゃないか。そういうのは嫌いじゃない。

世間話をするつもりが、重い話になってしまった。さっそく、本題に入るか。

「以前、騎士として貴族に仕えていたと聞いた。その家のことを話せとは言わないが、その家でどのようなことをしていたか聞きたい」

どんな仕事をしていたかは、重要なことだ。俺が求めている人材は、兵士を指揮して戦場を駆けられる人物だ。それ以外では家の警備だな。

もちろん戦場に出たいとは思わない。俺はダンジョン探索しながら楽しく過ごせればいいんだ。

「前職では部隊長を務めておりました」

俺の求めることをしていたか。だけどそれだけじゃダメだぞ。

「部隊の人数は？」

「五〇人から六〇人ほどになります」

へー、結構な数の部下がいたんだな。そこそこの立場だったんじゃないか。

公爵家の基準では騎士一人に五人の兵士がついて分隊を構成する。二から三個分隊で小隊になり、二から三個小隊で中隊になるから、公爵家の基準に照らすとガンダルバンは中隊長クラスになる。

「ジョブは？」

「剛腕騎士にございます。レベルは二二になりました」

俺の詳細鑑定でも剛腕騎士・レベル二二と出ている。間違いない。

クマの獣人プラス剛腕騎士だけあって、腕力や体力は素晴らしい数値だ。

「俺に仕官したら、パーティーはどうするんだ」

「そのことでトーイ様にお願いがございます」

「言ってみろ」

「某《それがし》のパーティーメンバーを兵士として雇っていただきたいのです。先ほどの話にあった者を田舎に帰しました故、某が抜けたら四人で探索者をするか、新しい仲間を募集するか、解散して別々の道を進むかになります。ですが、某としては気心が知れた者を配下にして鍛えていきたいのです」

これは俺にとっても悪い話ではない。

俺が兵士を雇う場合、ザイゲンに紹介してもらうか探索者を引き抜くかの二択になる。ガンダルバンのように、モンダルクの知人が都合よく出てくるほうが珍しいのだ。

ザイゲンに紹介してもらった兵士だと、俺の監視をして内情を漏らされそうで怖い。いや、魔法契約書があるから大丈夫なのか？　だけど紐付きは危険だ。性格の悪そうなザイゲンなら、魔法契約書の隙間《すきま》を突いてきそうだ。

探索者を引き抜くにしても、これから探していては大変だ。それに良い探索者は公爵家や他の貴族家が唾をつけている可能性が高い。俺のような新興貴族に仕えようという奴は珍しいんじゃないか。

「ガンダルバンを雇うと、他の四人もついてくるわけか。だが、俺は他の四人の人柄を知らない。簡単に返事はできないな」

「もっともな仰《おお》せです。屋敷の前に四人を待たせていますので、よろしければ見定めてください」

なんとも用意がいい。俺がガンダルバンを必ず雇うと思っていたのか？　なかなかの自信じゃないか。


ガンダルバンと共に外に出た。

「何もトーイ様が足を運ばずとも、某が呼んできましたものを」

そんなことを言うガンダルバンに向き直る。

「ガンダルバンはここで待て」

「……承知しました」

ガンダルバンを玄関の前で待たせる。自慢じゃないけどかなり広い屋敷だから、玄関から門までそれなりの距離がある。俺は門から出るルートから逸《そ》れて、塀に飛び乗った。筋肉痛が酷いから悲鳴をあげそうになったのは内緒だ。筋肉痛がなければ余裕を持って飛び乗れたが、ちょっと危なかった。ふー。

ガンダルバンのパーティーメンバーが塀に沿って並んで待っていた。北風が吹いて寒いが、それでも塀に沿って一列に並んで微動だにしない。

あのオオカミ獣人はいただけなかったが、この四人は良いと思った。誰かに雇ってもらおうというのだから、それなりの真面目さが必要だ。この四人は俺がいつ出てきてもいいように、背筋を伸ばして待ち続けていて好感が持てる。こういう心がけができる人は、信用できるかまでは分からないけど真面目に仕事をするはずだ。

塀から飛び降りて、ガンダルバンのところへ戻った。

「お前と四人を雇う。四人を連れてこい」

「よろしいのですか？」

「そのために来たんだろ？」

「ですが、レコードカードも確認されておりませんが……」

そういえば、犯罪歴とかはレコードカードで確認するんだったな。詳細鑑定がレコードカード以上の情報を教えてくれるから、すっかり忘れていたよ。

「俺がいいと言っているんだ。気が変わらないうちに四人を連れてこい」

誤魔化《ごまか》すようにそう言う。強引だけど、構わない。ガンダルバンも他の四人も犯罪歴はないしね。

「はっ！」

ガンダルバンはビシッと背筋を伸ばし、頭を下げてから駆け足で四人を呼びに行った。

四人は男女二人ずつで、イヌ獣人の男が剣士レベル一一のバース、リザードマンの男が剣士レベル一二のジョジョク、ネコ獣人の女性が槍士《やりし》レベル一一のリン、キツネ獣人の女性が槍士レベル一〇のソリディアという構成だ。

ガンダルバンたちと今後について話し合っていると、モンダルクが近づいてきて耳打ちする。

「公爵家より使者の方がお越しにございます」

「使者？　そんな予定は聞いてないけど、応接室に通してくれるかな」

「承知いたしました」

使者だなんて、何の用だろうか？


「ぐわっ……」

バルカンの剣圧に吹き飛ばされて、地面を何度も転がる。手加減というものを知らんのか、こいつは。

そう、公爵家の使者というのは、バルカンのことだった。バルカンの野郎が屋敷まで呼びに来て、俺はドナドナされたわけだ。

筋肉痛にやっと慣れてきたところだったのに、また筋肉痛になるじゃないか。しかも今日は青痣《あおあざ》つきだ。

「早く立て」

「少しは手加減をお願いします」

「手加減している」

それで俺は十メートルも吹き飛ばされたのかよ。こいつの手加減は手加減のうちに入らないと思うのは俺だけか？

他の兵士たちに視線を向けると、目を逸らされた。こいつら、バルカンを俺に押しつけやがったな！

立ち上がるとすぐにバルカンが打ち込んでくる。それを受けたらまた吹き飛ばされるから、受け流すように動くが……。

「うわっ」

受け流しが甘いから吹き飛ばされてしまった。

この日も夕方まで休憩なしにしごかれた。バルカンの野郎は本当に脳筋で、俺は何度も死ぬかと思った。


俺はダンジョンに入れないまま一カ月が過ぎ、転生四十九日目にして十二の月に入った。そのあいだ何をしていたかって？　毎日のようにバルカンにしごかれていたんだよ。

ただ、訓練に参加していたのは、俺だけじゃない。ガンダルバンと部下たちも参加するようになったのだ。しかもロザリナまで一緒に参加している。

アンネリーセは訓練場の隅の邪魔にならないところで訓練を見ている。彼女はどこにいてもスポットライトが当たっているような存在感がある。

「やぁっ」

「なんのっ」

「とうっ」

「まだまだっ」

ロザリナとバルカンの訓練は、さすがと言うほかない。

ロザリナが参加してくれたおかげで、俺のしごきは少なくなった。まったくなくなったわけでないのが残念だ。

毎日バルカンにしごかれた俺は、剣士のジョブに転職できるようになった。

そこで俺は剣士を飛ばして剣豪に転職した。旅人から剣豪に転職したんだが、これは神殿でちゃんと転職の実績を残した。

転職時に神官が騒ぎ公爵に呼ばれる羽目になったが、ここは剣豪で通すことにした。

ジョブ・剣豪の取得条件は分かっていないらしいから、構わないだろう。

おかげでこれからは大っぴらに剣豪として活動できる。バルカンのシゴキもたまには役に立つ。

神殿は大きな町ならどこにでもあり、転職するのに一万グリル白金貨を二枚（二〇万円相当）も取られた。ぼったくりだろと思いつつ、剣豪に転職した。

ちなみに神官は転職可能なジョブを見ることができるらしいが、ステータス画面で非表示に変えることができたから他の転職可能ジョブは消しておいた。便利なものだ。

今は剣豪レベル五になっている俺だが、ロザリナとバルカンの動きはほとんど見えない。

剣豪もそうだが、剣士、槍士、騎士などのジョブは訓練するだけでレベルが上がる。

ただしレベルが上がれば上がるほど訓練だけではレベルが上がりにくくなる。おかげでレベル五から全然上がらなくなった。それは戦闘ジョブだとしょうがないことだ。

そんな訓練場に兵士が駆け込んできて、バルカンは訓練を中断して報告を受けた。

「何かあったようですね」

俺と訓練をしていたガンダルバンが鍔迫《つばぜ》り合《あ》いをしながら話しかけてくる。ここで気を緩めてしまうと一気に押し込まれてしまうから、気は緩めない。

ガンダルバンの剣を受け流し距離を取る。

「俺たちに関係あることなら、呼ばれるだろう」

「左様ですな」

ガツンッ。動きを止めず打ち合う。俺は両手剣、ガンダルバンは片手剣と盾だから剣同士の打ち合いは俺のほうが有利なはずなんだけど、ガンダルバンは片手剣で俺の攻撃を受け止める。剣豪のレベルが低いこともあるが、訓練を積んだガンダルバンの剣捌《さば》きに翻弄《ほんろう》されるのだ。悔しい。

「集合っ」

バルカンの怒号のような声が訓練場に響き渡る。

兵士がキビキビと動き、バルカンの前に集まる。俺たちもそれに交じった。

「これより騎士団は厳重警戒巡回を行う。昼夜問わずだっ」

公爵家には騎士団の他に、町中の治安を守る警備隊がある。

通常は警備隊が町中を巡回しているが、騎士団も巡回するとなると何かが起きたのは間違いないだろう。

「団長。質問をよろしいでしょうか」

「構わん」

「我ら騎士団が巡回を行うということは、警備隊からの応援要請があったと愚考いたします。それはあの件によるものでしょうか」

バルカンに質問したのは、中堅どころの騎士だ。この一カ月で騎士や兵士の顔と名前、それに役職はある程度把握している。

「昨夜、また首斬りネストが現れた。これで犠牲者は十人になる。警備隊も昼夜問わず巡回を行っているが、首斬りネストは未《いま》だ捕縛できていない」

十一の月に入った頃から首斬りネストという殺人鬼が現れるようになった。殺人鬼のペースなんて知らないけど、一カ月ほどで被害者が十人になったことを考えるとかなりハイペースの犯行じゃないかな。

「狙われているのは、主に娼婦《しょうふ》だ。夜間は路上に出るなと警告しているが、娼婦は夜に路上に出ないと商売にならぬ。残念なことだが、娼婦たちを止めることはできない」

彼女たちは自分の体を売って、日々の糧《かて》を得ている。娼婦だって食わなければ生きていけないから、商売するなとは言えないようだ。

命令してもいいと思うが、食えないといずれ餓死《がし》する。餓死する前に首斬りネストが捕まればいいけど、困ったことにそんな保証は誰もできない。だから危険でも路上に立つしかないのだ。

バルカンの指示で騎士団員たちが訓練場から走って出ていく。

「フットシックル殿。訓練は今日までだ。首斬りネストの件が片付いたらまた相手をしてやろう」

なにその上から目線!?　俺がいつ稽古をつけてくれと言ったよ!?　と怒鳴りたいが、できないのが辛《つら》いところだ。

ちなみにフットシックルというのは、この世界での俺の家名になる。俺の先祖を辿《たど》っていくと歴史上のある有名人にあたるんだ。その有名人の名前からそうつけた。

まあ、深く言う必要もないから家名の話はこれで終わるとして、暇になったから久しぶりにダンジョンにでも行こうかな。

俺は犯罪者を取り締まる必要はない。騎士団も動いているんだから、俺のような捜査のその字も知らない奴が出しゃばっても邪魔になるだけだろう。それに騎士団も動員されたのだから、そのうちなんとかなると思う。……なると思いたい。

「屋敷で昼を食べたら俺たちはダンジョンに向かうが、ガンダルバンたちはどうする？」

「主人を守るのが我らの役目です。お供いたします」

「それじゃあ、先に飯だ。行くぞ」

屋敷に帰る間に何度も騎士団員を見かけた。全員の顔を知っているわけではないが、顔見知りも交じっていたから挨拶をする。


屋敷で早めの昼食を食べ、ダンジョンへ向かった。

「ダンジョンに入るのも久しぶりだな」

「ご主人様がバルカン様に気に入られて、訓練漬けでしたから」

「あれを気に入られてと言うなら、世の中間違っていると思うぞ。アンネリーセ」

「うふふふ。そうでしょうか」

バルカンの野郎に気に入られたら、もれなく命の危機を感じるとかおかしいだろ。


さて、今回俺はダンジョンにアンネリーセ、ロザリナ、ガンダルバンほか兵士四人を連れてきた。

兵士は五人必要なんだが、あと一人は募集中だ。それはさておき、今回はガンダルバンたちが一緒だ。

五人は俺が自分でジョブを変えられるとは知らない。でも守秘義務を魔法契約書で交わしているから問題ない。

「俺のジョブやスキルのことは、口外することを禁止する。いいな」

一応、こう言っておかないと守秘義務が適用されないらしい。

「剣豪のことはすでに多くの者が知っていると思いますが？」

ガンダルバンは不思議そうに首を傾《かし》げた。その仕草はアンネリーセやロザリナのような可愛い女の子がやるからいいんだぞ。クマのオッサンでは可愛くない。

「そうだ、俺のジョブは剣豪だ。いいな、誰かに聞かれてもそう答えておくんだぞ」

「承知しました……？」

五人は何故《なにゆえ》という顔をしている。

「それじゃあ、行くぞ」

――ダンジョンムーヴ。


「「「「えっ!?」」」」

壁にドアが現れたのを見て、五人が驚いた。

「ほれ、さっさと進め」

ドアを開けて五人を押し込む。俺たちも入って、皆が移動したのを確認して解除。ドアが消えたことにも五人は驚いた。

「こういうことができると言わないように。そういうことだ」

「な、なるほど……承知しました。お前たちも決して他言するなよ」

「「「はいっ」」」

魔法契約しているから安全だけど、ガンダルバンは兵士たちに念を押している。

「今のはもしかしてダンジョンムーヴですか？」

「その通りだ。ガンダルバンはダンジョンムーヴのことを知っているのか」

「以前、一度だけジョブが探索者の者と一緒にダンジョンに入ったことがありますので」

その時にダンジョンムーヴを使って移動したんだな。

「便利だろ？」

「ええ、とても便利です。ところで、ここはどこでしょうか？」

「ここは六層のボス部屋の近くだ」

「たしかダンジョンムーヴは行ったことがある場所にしか移動できないはずですが……ご当主様はここまで来たことがあるということですね」

よく知っているな。俺はそれを肯定した。

「某はともかく、この四人はレベル一〇少々です。さすがに六層のボスは危険です」

ソードガーゴイルのレベルは二四。倍以上のレベルのボスと戦うのが無謀なのは、俺でも分かっている。

「そのための作戦を今から説明する。今日はボスを何度も狩るから、しっかりと作戦を理解してくれ」

ドン引きするガンダルバンたちを尻目に、俺は作戦を説明した。といっても大した作戦ではない。簡単だからすぐに覚えられるはずだ。

「作戦は理解しましたが、まさかボスがソードガーゴイルだったとは……」

ガーゴイルは物理が効きにくいから、厄介だと思っているようだ。

だけど、戦力は揃っている。

剛腕騎士・レベル二二のガンダルバン。魔法使い・レベル二一のアンネリーセ。バトルマスター・レベル二〇のロザリナ。そしてエンチャンター・レベル一八の俺。

四人の兵士は横からチクチク殴ってくれればいい。レベルの低い四人に、ダメージは期待していないから大丈夫だ。


六階層のボス部屋に入ると、すぐにソードガーゴイルが現れる。

「ガンダルバン、行け」

「応！」

ガンダルバンが飛び出し、スキルのアンガーロックを発動した。

アンガーロックは敵対心を引きつけるスキルで、騎士系のジョブの多くが持つものだ。

アンガーロックを見届けると、アンネリーセのファイアが火を噴く。ソードガーゴイルの生命力がかなり減ったが、まだまだだ。

ロザリナもソードガーゴイルに取りついて攻撃を始めた。さらに四人の兵士たちも攻撃に参加。

「エンチャント・アイス」

氷属性の追加ダメージを与えるエンチャント・アイスを、ロザリナに付与する。

「エンチャント・ファイア」

さらにエンチャント・ファイアもロザリナに付与。

兵士の四人にエンチャント・ファイアを付与してもいいが、この二つのエンチャントは手数が多いほうが多くのダメージを出せる。手数は剣士や槍士よりもバトルマスターのロザリナのほうが圧倒的に多いから、どうしてもロザリナに付与することになる。

「アンガーロック！」

再びガンダルバンがアンガーロックを発動。敵対心を固定する。

ガシガシとソードガーゴイルの生命力が削れていく。

兵士たちもチクチクしている。四人には一発だけ当てて、あとは攻撃を受けないようにだけ立ち回れと指示している。あの四人の攻撃力ではとてもじゃないけどダメージを与えられないから、戦闘に参加した既成事実だけ作ればいい。

「生命力回復！」

ソードガーゴイルの攻撃を一身に受けるガンダルバンの生命力も減っていくが、スキル・生命力回復を使って回復している。

スキル・生命力回復はロザリナも持っているが、バトルマスターの生命力回復と剛腕騎士の生命力回復の効果には差がある。同じスキル名でも、ジョブによって効果が変わるようだ。当然ながら、剛腕騎士の生命力回復のほうが効果は高い。

「撃ちます！　……ファイア」

アンネリーセの魔法でソードガーゴイルを焼くと、生命力が三割を切った。

「生命力が全回復したぞ」

「この程度の攻撃なら、一日でももたせてみせますぞ！　アンガーロック！」

ソードガーゴイルの攻撃を一身に受けるガンダルバンだが、喋る余裕があるようだ。

兵士たちはソードガーゴイルの攻撃をガンダルバンが引きつけてくれるから、攻撃を受けることなく安全にチクチクやっている。

ガンダルバンの敵対心コントロールが、ここまで安定しているとは思わなかったよ。剣でもそれなりにダメージを与えているからだと思う。さすがは剛腕と名がつくだけはある。

最後はアンネリーセの魔法がとどめになって、ソードガーゴイルは消滅した。

「完勝だな。よくやった」

「………」

褒めた俺を、ガンダルバンがジトーッと見てくる。なんだよ？

「ご当主様は剣豪と探索者の他に、魔法系のジョブまで持っているのですか？」

ロザリナにエンチャント・アイスやエンチャント・ファイアを付与しているから、バレるよな。

一緒にダンジョンに入った以上は、隠すつもりもないけど。

「ふふふ。エンチャンターを持っているぞ」

「エンチャンター？　初めて聞くジョブ名ですな」

一万分の一の確率でしか出ない珍しいジョブだから、知らないのも無理はない。

「エンチャンターは自分では攻撃できない補助魔法を使う魔法使いだ。だが、ロザリナのように手数があるジョブに火属性や氷属性の追加効果を付与してダメージを増やすことができるんだよ」

「そのエンチャンターがあったから、ご当主は余裕の表情をされていたのですな」

ガンダルバンが妙に納得した表情をする。

「エンチャンターがなくてもアンネリーセの魔法もあるから、問題ないだろ」

「それもそうですな」

話が終わると、ガンダルバンは兵士たちを呼んだ。


「レベルはどうだ？」

「一二に上がりました！」

イヌ獣人兵士のバースは剣士レベル一二になった。

「俺もレベルが上がって一三です」

リザードマン兵士のジョジョクは剣士レベル一三だ。

「上がりました！」

ネコ獣人兵士のリンは槍士レベル一二だ。

「私も上がりました」

キツネ獣人兵士のソリディアは槍士レベル一一になった。

兵士たちは全員レベルが上がった。一〇以上もレベルが高いソードガーゴイルとの戦闘だから、上がらないほうがおかしい。

ちなみにアンネリーセ、ロザリナ、ガンダルバンのレベルは上がらなかった。でも俺は上がった。これでエンチャンターレベル一九だ。

「おーい。感動しているところ悪いが、今日は最低でもソードガーゴイルを五回は狩るからな」

「「「「えっ!?」」」」

ガンダルバンと兵士たちが驚く中、さすがはアンネリーセとロザリナだ。まったく驚かなかった。

「ボス狩りでレベル上げ。お前たちのレベルが上がっても、俺のレベルを上げるまでは何日でも続けるからね」

そんなわけで俺たちはソードガーゴイル狩りを続けた。

六回のソードガーゴイル狩りで俺のエンチャンターはレベル二一へ上がった。レベル二〇の時に新しい魔法を覚えた。これがまた使える魔法でニコニコだ。

アンネリーセは魔法使いレベル二三、ロザリナはバトルマスターレベル二二、ガンダルバンは剛腕騎士レベル二三になっている。

そして四人の兵士たちもレベル一七から一八になって、かなりいい感じに成長している。


ドロップアイテムはノーマルドロップ品のガーゴイルソードが五本と、レアドロップ品のガーゴイルバスターが一本出た。ガーゴイルバスターは両手剣だ。

ガンダルバンとバースにガーゴイルソードを、ジョジョクにガーゴイルバスターを使ってもらうことにした。

ガーゴイルソードは一本で一万六〇〇〇グリルになる。三本売って四万八〇〇〇グリルだ。

ガンダルバンと兵士たちの装備を整えたし、俺の貴族用の服も仕立てたから結構な出費があった。

他にもどんどんお金が出ていくから、資金稼ぎは大事なんだ。

それなのにバルカンの野郎に毎日のように拉致られ、しごかれていたから体も財布も痛いんだよ。


転生五十一日目もソードガーゴイル狩りに出かけた。

今回はエンチャンターではなく両手剣の英雄を使うことにした。

ロザリナもレベルが上がって自力でダメージを出せるようになってきたから、俺が両手剣の英雄のレベルを上げてもいい頃合いだ。

「それはミスリル……。ご当主様ですから、何も言いません」

ミスリルの両手剣を見たガンダルバンが、何か達観している。

「ガンダルバンさんもご主人様のことが分かってきましたね」

いやいや、何言ってるのさアンネリーセ君や。

「ご主人様なのです！」

ロザリナはお黙り。

「よし、行くぞ！」

「「「「応っ」」」」

「はい」

「はいなのです」

俺はソードガーゴイルをミスリルの両手剣でガッツンガッツン殴った。斬れないんだよ、こいつ。やっぱり硬い。レベル一四の両手剣の英雄では、ほとんどダメージが出ない。

「喰《く》らえ、アイススラッシュ！」

だけど両手剣の英雄には属性攻撃がある！

「…………」

ダメージはショボかった。

仕方がないよな、魔法使いじゃないから魔法攻撃力はそんなに高くないんだ。

「まあ、ダメージがないよりはマシだな」

まったくダメージが出ないわけじゃない。それだけが救いだ。

アンネリーセのファイアでとどめを刺すと、両手剣の英雄のレベルが上がった。この調子でバンバン上げよう。

幸いなことに、六階層は不人気で探索者はほとんどいない。ボス部屋の前で順番待ちせずに連戦できる。

「これで！」

アイススラッシュを放つと、ソードガーゴイルは消滅した。

さすがに両手剣の英雄レベル二五は強い。いや、ステータスポイントが素晴らしいと言うべきだろう。

ステータスポイントはジョブを変えると、振ったポイントが全てリセットされる。現在保有しているステータスポイントは六六ポイントあり、これを知力に振ればアイススラッシュでソードガーゴイルに与えるダメージが半端ないものになる。

転職する度に振り直さなければいけないけど、効果絶大なのだからその程度の労力は大したことない。

転生五十二日目は暗殺者、転生五十三日目は休んで、転生五十四日目から五十五日目は探索者、そして五十六日目を休みにして五十七日目と五十八日目で剣豪のレベル上げを行った。

暗殺者は急所突きプラス隠密が優秀すぎて苦労しなかったが、探索者のレベル上げはさすがにきつかった。剣豪はさすがの強さを発揮し、三ジョブ共レベル二五まで上げた。

剣豪のレベル上げをしている時に気づいたんだが、俺のユニークスキルに新しいものが増えていた。

「ご主人様。分かっておいでと思いますが、ユニークスキルが増えるなんてあり得ないことです」

アンネリーセの顔が近い。チューしていいかな。

「でもさ、ロザリナはユニークスキルを覚えたじゃないか」

「ロザリナさんは種族進化したからです。種族進化の時に、稀《まれ》に、ほんとーーに稀にですが、ユニークスキルを覚えることがあると、何かの文献に書いてありました。ですが、ご主人様は種族進化してませんよね？　ヒューマンからハイヒューマンにでも進化したと仰《おっしゃ》るのですか？」

凄い勢いでまくしたてられた。

ステータスを見たら、あら不思議。なんと種族はハイヒューマンになってました（ドン引き）。

「ダブルジョブのことも、ハイヒューマンのことも、絶対に他の人に知られないようにしてくださいね！」

アンネリーセは取り乱すくらいの勢いで叫んでいた。あの時のアンネリーセの顔は、よく覚えている。美人ってさ、どんな顔しても綺麗《きれい》だよね。

・**ダブルジョブ**：ジョブを二つセットできる。メインジョブの能力値は一〇〇パーセント、サブジョブの能力値は五〇パーセントが反映される。二つのジョブのスキルは全て使用可能。

ダブルジョブに熟練度を示す（微）の表示はなかった。おそらく熟練度がないのだろう。

しかしかなりビックリする内容だな。これは間違いなく切り札になるユニークスキルだと感じた。

あと俺の各ジョブのレベル上げにつき合った全員のレベルが二八になった。どうやらソードガーゴイルではレベル二八より上にレベルアップしないようで、俺以外の全員がレベル二八になっている。

ドロップアイテムもかなり多い。おかげで換金額が凄いことになっている。

・ガーゴイルソード　一三二本×一万六〇〇〇グリル＝二一一万二〇〇〇グリル
・ガーゴイルバスター　二〇本×八万グリル＝一六〇万グリル
※合計三七一万二〇〇〇グリル

ガーゴイルバスターが二二本ドロップした。剣士のジョジョクはすでに使っているから、もう一人の剣士であるバースにも使ってもらうことにした。それから俺の予備用に一本をストック。あとの二〇本は換金した。

これでうちの剣士二人と俺が、ガーゴイルバスター装備になる。


ちなみにガーゴイルバスターでソードガーゴイルを攻撃しても、ソードガーゴイルは石化しない。元々石像だからだと思うが、どれだけ攻撃しても石化しないんだ。

また、ガーゴイルバスターとミスリルの両手剣では、ミスリルの両手剣のほうが性能はいい。

俺のメイン武器はミスリルの両手剣のままだけど、外ではガーゴイルバスターを装備するつもり。

ミスリルの両手剣のほうが価値は高いから、身分相応（？）な剣を装備している感じかな。


〈トーイ〉

【ジョブ】エンチャンター　レベル二二
【魔　法】魔力強化（中）　エンチャント・ハード（中）　エンチャント・アクセル（中）
　エンチャント・ファイア（中）　エンチャント・アイス（中）
　エンチャント・アタック（微）　エンチャント・リジェネーション（微）
【ユニークスキル】詳細鑑定（高）　アイテムボックス（高）　ダブルジョブ

・エンチャント・アタック（微）：味方一人または全員の物理攻撃力値＋五〇ポイント。消費魔力八×人数。効果時間三分。発動後五分間使用不可。（アクティブスキル）レベル一五で発現。
・エンチャント・リジェネーション（微）：味方一人または全員の生命力を自動で回復させる。生命力回復毎分三〇ポイント。消費魔力七×人数。効果時間十分。発動後五分間使用不可。（アクティブスキル）レベル二〇で発現。

〈トーイ〉
【ジョブ】両手剣の英雄　レベル二五
【スキル】指揮（中）　全体生命力自動回復（中）　身体強化（中）
　バスタースラッシュ（中）　アイススラッシュ（中）　アシッドストライク（低）
　完全見切り（低）　経験値集約（微）

・アシッドストライク（低）：両手剣技。物理攻撃力値二倍の攻撃。追加効果として五十パーセントの確率で敵の物理防御力値と魔法防御力値を三十パーセント低下させる。追加効果発動時消費魔力一二。効果時間三分。発動後二分間使用不可。（アクティブスキル）レベル一五で発現。

・完全見切り（低）：敵の攻撃を見切って完全に回避する。消費魔力一五。効果時間四十秒。発動後十分間使用不可。（アクティブスキル）レベル二〇で発現。

・経験値集約（微）：指揮下にある全ての者が得た経験値の三割を取得する。（パッシブスキル）レベル二五で発現。

〈トーイ〉
【ジョブ】暗殺者　レベル二五
【スキル】急所突き（中）　隠密（中）　痕跡抹消（中）　神速（中）　感知（中）
壁抜け（中）　偽装（中）　罠《わな》（低）　捕縛（微）

・偽装（中）：容姿、ステータスを偽装する。消費魔力毎分七ポイント。（アクティブスキル）レベル一三で発現。

・**罠（低）**：罠を設置、発見、解除する。（パッシブスキル）レベル一九で発現。

・**捕縛（微）**：敵を一時的に行動不能にする。効果時間十秒。消費魔力五。発動後十分間使用不可。（アクティブスキル）レベル二五で発現。

〈**トーイ**〉
【**ジョブ**】探索者　レベル二五
【**スキル**】ダンジョンムーヴ（中）　宝探し（中）　マッピング（中）　危機感知（中）
脱出（低）　レアドロップ率上昇（微）

・**危機感知（中）**：危険を察知する。（パッシブスキル）レベル一五で発現。

・**脱出（低）**：スキルの発動を無効化される場所から脱出する。消費魔力二五。発動後一時間使用不可。（アクティブスキル）レベル二〇で発現。

・**レアドロップ率上昇（微）**：レアアイテムのドロップ率を一〇パーセント上昇させる。（パッシブスキル）レベル二五で発現。

〈トーイ〉
【ジョブ】剣豪　レベル二五
【スキル】ダブルスラッシュ（中）　心眼（中）　質実剛健（中）　鋭敏（中）
　一点突破（低）　夢幻剣（微）

・ダブルスラッシュ（中）：剣技。両手剣、片手剣の区別なく、敵に連続二回攻撃を行う。物理攻撃力三・五倍。消費魔力一〇。発動後三分間使用不可。（アクティブスキル）
・心眼（中）：敵の攻撃を予測し所持者の動きを最適化する。（パッシブスキル）
・質実剛健（中）：自身の腕力、体力、俊敏、器用の各能力値を三五ポイント、知力と精神力の各能力値を二五ポイント上昇させる。（パッシブスキル）
・鋭敏（中）：気配や危機を察知しやすくなる。（パッシブスキル）レベル八で発現。
・一点突破（低）：一回だけ敵の物理防御力値を〇、スキル効果を無効にして攻撃できる。消費魔力八。発動後三分間使用不可。（アクティブスキル）レベル一六で発現。

・**夢幻剣（微）**：発動中全ての攻撃が命中する。効果時間十秒。消費魔力八。発動後五分間使用不可。（アクティブスキル）レベル二三で発現。

【ジョブ】剣豪　レベル二五
【種　族】ハイヒューマン
【能　力】
生命力＝四九二
魔力＝三二一
腕力＝八六
体力＝七八
俊敏＝七〇
知力＝五四
精神力＝五三
器用＝七五
物理攻撃力＝二九三
物理防御力＝二六一

魔法攻撃力＝一六二
魔法防御力＝一五九

ハイヒューマンになると、種族の基礎能力が上がるらしい。だからヒューマンの時よりも能力が高くなっている。

〈アンネリーセ〉
【ジョブ】魔法使い　レベル二八
【スキル】火魔法（中）　無魔法（中）　魔力操作（中）　魔力感知（中）
　魔法威力上昇（中）　魔力の源泉（低）　ブースター（低）

〈ロザリナ〉
【ジョブ】バトルマスター　レベル二八
【スキル】剛撃（中）　鉄拳（中）　蹴撃《しゅうげき》（中）　防御破壊（中）　生命力回復（中）
　気法（中）　ラッシュ（低）
【ユニークスキル】闘気（中）

四章　公爵の頼み

ダブルジョブの特徴は、二つのジョブのスキルを全て使えることだ。さらにサブジョブの能力が五十パーセント加算されることから、単純に考えて能力が一・五倍になる。ではない。

たとえば、メインジョブが剣士・レベル一の時に、サブジョブに剣豪・レベル二五をセットするとどうなるか。答えは剣士・レベル一六くらいの能力値になるのだ。しかもスキルの能力補正が別にあるから、実際にはそれ以上の能力値になる。これは素直に凄《すご》いことだと思う。


さて、俺は最適なジョブの組み合わせを考えることにした。

物理攻撃力値と物理防御力値の高さは剣豪か両手剣の英雄。やや剣豪のほうが上だけど、両手剣の英雄はバランスがいい。

魔法使いはエンチャンターしかないが、こちらは打たれ弱いことからメインにするのは怖い。今のところはサブ一択。

使い勝手がいいのは、暗殺者だ。暗殺者の能力は俊敏値が最も高く、何よりもスキル・隠密と急所突きの併用で百パーセントのウルトラクリティカル（ダメージ四倍）が発生する。

気配を感じられ、容姿やステータスを変え、姿を消せる。逃げ足も速いし、いざという時は一番頼りになる気がする。

相手がバルカンだと隠密を発動していても気づかれる可能性はあるが、捕縛からの神速発動で逃げることは容易《たやす》いはず。逃げる気満々ですよ！

そんなわけで、外を歩く時はメイン剣豪、サブ暗殺者にする。ダンジョンでは状況に合わせて変更だ。


今日は転生五十九日目だ。俺がレベル上げしている間、バルカンをはじめとする騎士団は昼夜を問わず町中を巡回していた。騎士団が巡回を始めてから、首斬りネストは現れていないらしい。

騎士団の巡回のおかげで他の犯罪も減っているらしく、住民からこのまま続けてほしいという要望も出ているとか。騎士団はそれだけ犯罪者から恐れられているということなんだろう……そうか、バルカンか。バルカンが恐れられているから犯罪者たちは鳴りを潜めているんだ。あの顔、怖いもんな。

こんな騎士団の内情を俺が知っているのは何故《なにゆえ》かというと、公爵から呼び出しがあって登城して話を聞いたからだ。

「ところで今回はプレゼントはないのか？」

「今回は、という意味が分かりません。公爵様」

今さらだけど、俺は絶対に認めないからな。

それにそんなに都合よく犯罪者の情報を持っているわけないし。ちょっとは考えてよね、公爵様。

「まったく……」

なぜ呆《あき》れられるのか意味不明。気分悪いから止《や》めてよね、そういうの。

「首斬りネストなる犯罪者がいることは知っているな？」

唐突だね。

「はい。知っています」

「その首斬りネストを捕まえたい」

「……私にどうしろと？」

「捜索に手を貸してもらいたいのだ」

途中から予想していたけど、マジかぁ。

「私にそのようなことができるでしょうか？」

「其方《そのほう》にできなければ、誰にできようか？」

質問を質問で返すなよ。

「首斬りネストは騎士団の巡回が行われるようになって、他の町へ行ったのではないですか？」

「二度と現れないならそれでいい。しかしその保証があるわけではない。どうだろうか、騎士団の中隊を配下につける。やってくれないか」

公爵がここまで下手に出るなんて、どうしたの？

叙爵の時は決定事項のように言われたけど、あの後によく考えてみたら俺は乗せられたんだと気がついた。

公爵は褒美を渡すと命令したように見えたが、命令じゃない。あれは公爵の都合を話したのであって、命令じゃなかった。それを了承した俺に、公爵は爵位を与えただけなんだ。駆け引きというやつなんだろうけど、それをすぐに判断するのはただの高校生だった俺には難しいよ。

そして今回は命令じゃなくて、とても困っているから助けてほしいという体《てい》で話をしている。

断ることはできるけど、それをすると俺の後味が悪い。俺の性格をさらに調べていて、こうやって頼んでいるのか？　それはそれで気分のいいものではないけど、そのように決めつける証拠はない。

殺人鬼が町にいると安心して暮らせないから、俺も首斬りネストについては早く捕まってほしいと思っている。聞いたところでは娼婦《しょうふ》しか殺さないらしいが、絶対そうだという保証はない。いつこっちに被害が出るか分からないような不安定な状況は改善するべきだろう。

公爵の顔を見ると、なんとも言えない表情だ。無表情のようだが、何かを訴えているような表情にも見える。さっさと解決してこいと言っているようにも見えるのは、俺の性格が捻《ひね》くれているからだろうか？

多分、これは公爵家にとって有事に相当するんだろう。死亡者が増えて領内が不安定になったらいけないんだろうな。

犯罪者を捕まえるのは悪いことではないし、今回は公爵の頼みを聞いてやろう。もっとも、俺が首斬りネストを捕まえられる保証などないけど。

「私に何ができるか分かりませんが、拝命いたします」

場を騎士団詰所の一室に移し、俺の部下に指名された中隊と引き会わされた。

どの騎士団員も俺よりも屈強な体をしている。俺のこの体は成長するのだろうか？　せめて背が百七十センチくらい欲しいんだけど。

そんな騎士団員の中でも、中隊長は身長二メートル超の巨躯《きょく》で顔はまさに顔面凶器。どこかで会ったことがあるような気がしたが、暗闇で中隊長に出会ったらこの人が首斬りネストかと思ってしまいそうだ。

「第十三中隊隊長のローク＝バルカンです」

「ん、バルカン？」

「父がお世話になっております。フットシックル名誉男爵」

こ、この人……あのバルカンの息子か!?

どうりでデカくて凶悪な顔をしてるわけだ。遺伝子がいい仕事をしている。

「いつも騎士団長殿にはお世話になっております」

バルカンの息子だと思うと、気後れしてしまう。いやいやダメだ。こんなところで気後れしてどうする。俺はバルカンをぶっ飛ばすんだ。

「父がいつもすみません。気に入った方がいると、見境ないのです」

俺は気に入られているのか？　何度も殺されかけたんだが？

「あ、すみません。隊員たちにお言葉をいただいてよろしいですか」

心を平静に保つんだ。こいつはバルカンでも違うバルカンなんだから。

「トーイ＝フットシックルです。公爵様より首斬りネストの捜索を命じられました。若輩者の俺の下で働くのは不本意でしょうが、よろしくお願いします」

拍手も何もない。これは無視されているのだろうか？

「それではフットシックル名誉男爵。これまでの状況をご説明いたします」

ロークはさらっとこの状況を流した。いい性格をしている。

「俺のことはトーイと呼んでください。名誉男爵もつけなくていいですから」

「……そうですか。それでは、トーイ殿とお呼びします」

ロークと隊員たちに現状を説明してもらった。


「地図を見せてもらえますか？」

「地図……ですか？　ございませんが」

「はい？」

何を言っているんだ、ローク《こいつ》は？

「マップですよ？」

「はい。地図ですよね」

地図で通じていたようだ。

「地図がないのにはいくつかの理由があるのです」

聞こうじゃないか。

「まず一つ目は地図は金庫に大事にしまわれており、私たちのような下の者が目にすることはありません。二つ目に十数年もすると街並みが変わりますので、わざわざ作ることはありません。三つ目に地図を正確に描けないこと。四つ目に地図が敵の手に渡らないようにです」

俺が理解できるのは、四つ目だけなんだけど。

一つ目は公爵かザイゲンか知らんが、金庫から出せばいいだけだ。

二つ目は当たり前のことだ。街並みが変わるのが嫌なら、区画整備して新築の規制をすればいい。公爵ならそれくらいできるだろ。議論する気にもならない。

三つ目はバカかと言いたい。地図職人を育てればいいだけの話だ。職人でなくても、ある程度距離感覚に優れて絵が上手《うま》い人に描かせればいい。

まさか異世界の地図事情がここまで低迷しているとは思ってもいなかった。

「それですとケルニッフィだけでなく、ケルニッフィ周辺の地図もないということですか？」

「周辺地図は簡易的なものがあります」

「それを見せてもらっても大丈夫ですか？」

「はい」

ロークは部下に周辺地図を取りに行かせた。部下はすぐに帰ってきて、Ａ２サイズ（Ａ３サイズの倍の大きさ）くらいの皮紙を広げた。

「………」

声もない。こんなの子供のお絵描きじゃないか。これを地図と呼ぶなら、大概のものが地図になる。
以前テレビで見た旅番組を思い出した。外国でも僻地《へきち》のような場所で日本人を捜す番組だったけど、現地人が描く地図がかなり酷《ひど》い出来だった。目の前にある地図はそれ以上に酷いものだ。

「これは方向と町と村の位置関係を表しています」

「金庫に入っているケルニッフィの地図もこんな感じですか？」

「先ほども申しましたが、私たちでは見ることもないものですから、私では分かりません」

そうだったね。

さて困ったぞ。ジョブ・探索者にはスキル・マッピングがあるから、歩き回れば地図を描くことはできる。だけど地図自体を描いてはいけないとなると、話がややこしくなる。

俺はザイゲンに面会を求めた。

「地図を見せろとな？」

「はい。聞けば、ケルニッフィの地図は金庫にしまわれているものしかないとか。それを見せてほしいのです」

ザイゲンが八の字眉になる。そんなに困ったような顔をしなくてもいいと思うんだが？　戦略物資なのは分かるけど、金庫にしまい込むくらい貴重なのか？

「それは首斬りネストの件と関係あるのかね？」

「それを確認するためのものです」

「……いいだろう。地図を見せよう」

公爵の許可は要らないのか？

ザイゲンが自分の執務室にある金庫を開けた。その金庫かよ。

「これがケルニッフィの地図だ」

やっぱりかなりラフなものだ。こんな地図を後生大事にしまい込んでいるなんて、信じられないな。

「ちょっと失礼」

デスクの上に広げられた地図を凝視する。通り名や探索ギルドなどの目立つ建物などが記載されているから、なんとなく分かる。

「ローク隊長。一件目の被害はどこですか？」

「あ、はい。アームズ通りの四五番です」

アームズ通りの四五番に目印を置く。ザイゲンの机の上にあったものを勝手に使わせてもらう。

「二件目は？」

「イヤー通りの一二八番です」

同じく目印を置く。

そうやって全部の現場に目印を置いた。

「こ、これは……」

ザイゲンが何かを言いかけたのを無視して、俺は地図の目印を睨《にら》みつける。目印は直径一キロの範囲に集中している。これが示すのは、次の犯罪もこの範囲で行われる可能性が高いということだ。もっとも騎士団の巡回によって犯行現場が変わる可能性は十分にあるけど。

「これを見る限り、犯行現場はこの周辺に固まっています。このことから首斬りネストはこの辺りに住んでいるか、標的になる娼婦がこの辺りに多いか、もしくは土地勘がある人物でしょう」

「この辺りは娼婦が特別多い地域ではありませんね……」

住居が近いか土地勘のある可能性が高まった。

「よく知ってますね」

「騎士団に入る前は警備隊に所属し、そこに近い場所を受け持っていましたから」

へー、バルカンの息子でも下積み時代があるのか。

以前聞いた話だが、騎士団員の多くは元々警備隊員らしい。警備隊でしっかりと働き、優秀な者が騎士団に引き抜かれていくそうだ。

「まさか地図にこのような使い方があるとは……」

いや、戦略物資なら防衛計画を練る時などに使うだろ。地図は宝としてしまい込むものではなく、有効に使うものだぞ。ザイゲンは頭が良さそうに見えるのに、抜けてるな。

「ローク隊長。警備隊と騎士団が巡回する経路と、その時にどういった格好をしているか教えてください」

「経路はその者たちに任されていますので、担当はありません」

組織立った捜査はされていないわけか。

「格好は公爵家から支給されている鎧《よろい》と剣を装備していますが？」

犯罪者を威嚇して犯罪率を下げるのには効果がありそうだけど、犯罪者を捜すには適さない格好だ。そんな格好の兵士を見たら普通は逃げるか何もしない。

「俺はこの辺りが怪しいと思います。今夜、平服とは言いませんが、探索者に見えるような格好で巡回しましょう。できるだけ小汚い格好のほうがいいですね」

「それは騎士団だと分かったら、首斬りネストは出てこないということですね」

分かっているじゃないか。それなら最初からそうしてくれ。

「その通りです。騎士団がずっと巡回し続ければいいのでしょうが、それでは騎士団も大変でしょうから、首斬りネストが出てきやすい状況を作らなければいけません。なので他の騎士団の巡回はこの地域を外してもらうように手配してください」

「承知しました」

他にやるべきことをロークに頼み、俺は一度屋敷に帰って探索者の装備に着替え、夕方に現地近くの警備隊詰所に集まることにする。


寒風が建物の間を吹き抜け、ぶるりと体を震わせる。

「そろそろ雪が降りそうですね」

アンネリーセが、俺の首にスカーフを巻いてくれた。この世界にはセーターのような毛糸の服はあるけど、マフラーはないようだ。

「ありがとう、アンネリーセ」

警備隊詰所の前のベンチにアンネリーセとロザリナと共に座って騎士たちの準備ができるのを待っていると、ロークが俺を呼びに来た。

「トーイ殿。全員揃《そろ》いました」

詰所に入ってローク配下の部隊員たちを見る。俺が言ったように小汚い格好の者が多かった。あくまでも多いというだけで、鎧姿の者もいた。

「彼らは巡回しないの？」

鎧姿の二人のことを聞いた。連絡係も必要だから、その要員なんだろう。

「いえ……あの者たちはその……」

言いにくそうだ。何かな？

「我々は誉れある騎士だ！　こんな汚い格好などできぬ！」

「そうだ、我らは名誉ある騎士だ。騎士としての待遇を要求する！」

なんだか察してしまった。多分貴族出身のボンボンたちなんだろう。それも高位の貴族家だ。ロークもバルカンの息子だからボンボンだと思うが、あのバルカンの息子だから生温《なまぬる》い生活はしてないはず。俺をしごくくらいだから、息子はもっとしごかれているはずだ。そうじゃないと納得できない。

しかし上司の命令を聞けないなんて、職務怠慢もいいところだ。

「ローク隊長。彼らは邪魔なので他の場所の巡回をさせてください」

「邪魔とは失礼にも程があるっ！」

「たかが名誉男爵のくせに、生意気な」

好きで名誉男爵してるわけではないんだけどさ。

「彼らには考える頭がないのですか？」

俺は二人を無視して、ロークに質問した。

「え、いや……そういうことはないかと」

「今回の目的は説明したんですよね？」

「はい」

「じゃあバカでしょ」

「「貴様っ!?」」

俺とロークの会話に、二人が割って入ってきた。

「うるさいっ。俺はローク隊長と話しているんだ！」

一瞬で二人を殴り飛ばした。メインジョブは剣豪だけど、サブジョブが暗殺者の俺の動きは二人に見えなかったようで、面白いように飛んでいった。死んでないから問題なし。

俺とこの二人は友達ではない。少なくとも今は俺の部下だ。騎士団といえば軍隊も同じ（多分）。上官が許可してないのに喋《しゃべ》ったり、ましてや上官同士が話をしているのを邪魔する奴は鉄拳制裁でいいと思う。

公爵に半ばハメられて名誉男爵になった俺に比べれば、お前たちは自分の意志で騎士をしているんだろ。まさか親に言われて騎士になったのか？

どちらにしろ、騎士の名誉だのなんだのと言っているんだから、騎士として上官の命令を命をかけてでもやり遂げようぜ。俺の下で働くのが嫌でも、それが騎士の仕事じゃないの？

それにその程度のことも分からん奴は、本当に捜査の邪魔だ。

俺はさっさとこんな刑事ゴッコを終わらせて、ダンジョンでレベル上げをしたいんだよ。

「ローク隊長。公爵家の騎士団には、部下が上官の命令に逆らう権限を与えているのですか？」

「……いいえ、上官の命令は絶対です」

「なら、こいつらは命令違反を犯しているわけですね。俺が知っている軍隊では命令違反した者は厳しく罰せられますが、この騎士団では違うのですか？」

顔が引き攣《つ》っているよ、大丈夫？

「いえ、トーイ殿の仰《おつしや》るように、厳しく罰します」

「では、すぐにこの二人を独房に放り込んでください。あとは軍規に従って、処分をお願いします」

「承知しました。おい、こいつらを独房に入れておけ」

二人は独房へ、俺はロークとお話。うん。めでたし、めでたし。

「それでは、今日の巡回について説明します」

アンネリーセとロザリナが壁に紙を貼っていく。これ、俺が描いた首斬りネストが出やすいと思われる場所の地図。

ザイゲンにはこの周辺だけの地図ならと、ちゃんと許可をもらっている。

地図は黒インクで描かれている。その上に赤いインクでマーキングしてあるのが、首斬りネストの犯行現場だ。

「ここからここまでは一班、ここからここは二班――」

ロークの中隊には、六個分隊が所属している。その分隊単位で受け持つ範囲を地図に記載する。

これで誰でも自分の持ち場が分かる。

あの二人が分隊長をしていた分隊は、部下を仮の分隊長にしてちょっと外側に配置。

「最後にそこにある酒を服にかけてから巡回に出てくださいね」

わざわざ酒屋でエールの樽《たる》を買ってきた。

「飲むのではないのですか？」

ロークの質問に、俺は苦笑を返す。

「これから巡回するのに、飲んでどうするんですか。これは皆さんの体に酒の匂いをつけるだけのものです。酒の匂いで酔う人はつけなくていいですが、これを服に染み込ませておけば、酔っ払いのフリができます」

「なるほど。酔っ払いのフリをすれば、繁華街に近い路上にいても不自然じゃないですね」

「その通りです。まずは首斬りネストを安心させないと、カメが甲羅の中に閉じこもるように出てきませんからね」

俺の説明に納得した隊員たちは、服にバシャバシャッとエールをかけて詰所から出ていった。濡《ぬ》らした服は寒風に曝《さら》されて寒いかもしれないけど、我慢してもらおう。

「ローク隊長。俺たちも行きますよ」

「はい」

俺はロークにエールをかけた。それは盛大に、投げつけるようにかけた。

「ちょ、なんか痛いんですけどっ」

「そんなことないです。気のせいですよ」

バルカンへの恨みを息子で晴らしているわけじゃないからね！

俺の部隊の持ち場は、繁華街から少し離れた路地裏を含めた百五十メートルほど。俺、アンネリーセ、ロザリナ、ガンダルバン、兵士たち四人。兵士たちは探索者になった頃の質素な服を着て男女で組んでカップルを装う。

犯罪者を捕まえるために違法なことをしたら本末転倒だけど、囮《おとり》捜査は違法ではない。前世の警察のように細かいことは言わないらしい。

アンネリーセは娼婦に変装している。日頃化粧っけのないアンネリーセが、本気の化粧をするとさらに綺麗《きれい》になる。ただし俺は素朴で化粧っけのないアンネリーセのほうが好きだな。

そのアンネリーセは、とても煽情《せんじょう》的な青いドレスを着ている。奴隷の首輪を隠すためのスカーフには違和感があるけど、寒いからそこまで変ではないだろう。

きっと首斬りネストもアンネリーセの美しさに惹《ひ》かれて出てくるんじゃないか。

一方ロザリナは可愛《かわい》くていいのだが、いかんせん色気が足りない。娼婦を演じる演技力もない。だからガンダルバンと共に物陰に隠れてアンネリーセを見張っている。

さて俺だけど、アンネリーセのすぐ近くで監視中だ。メインジョブを暗殺者にして、サブジョブを剣豪にしている。これが一番俊敏値が高くなる組み合わせだから、もしもの時には素早く対応できるだろう。

当然ながら隠密で姿を消している。

最初は俺が偽装で娼婦を演じるつもりだったけど、アンネリーセがどうしてもやらせてほしいと言ってきた。アンネリーセは言い出したら聞かないところがある。困ったものだ。

そんなわけで、俺はアンネリーセのそばで彼女を警護している。


囮捜査を開始して三時間ほどが経過した。

「うー、冷える……」

足の指の感覚がなくなってきたよ。こんなことは早く片付けて温かい風呂に入りたい。風邪をひきそうだ。

マントを羽織っている俺でもこれだけ寒いんだから、薄着のアンネリーセはもっと寒いはずだ。早く終わってほしいものだが、こればかりは首斬りネスト次第だからな……。

これまでに何度か男が近づいてきたが、アンネリーセが白金貨一枚と言うと、暴言を吐いて去っていった。貴族や金持ちなら白金貨くらい出せるけど、一般人には大金だ。

誰かの気配が近づいてくるのを、スキル・感知が察知した。

暗がりから現れたのは女だ。彼女も娼婦のようで、胸元の開いた真っ赤なドレスを着ている。

真っ赤なドレスが赤毛によく似合うが、やや地味な顔の女性だ。ばっちり化粧しているが、すっぴん時のアンネリーセには敵《かな》わないな。うん。アンネリーセは超絶美人だからね！

「あら、見ない顔ね。ここは私のシマよ」

ドラマで聞きそうなセリフだ。

「そう……ごめんなさいね……」

立ち去ろうとするアンネリーセを彼女が呼び止める。

「いいわよ、どうせすぐに客がつくわ。助兵衛《すけべえ》な男は腐るほどいるから」

その言葉を否定できない俺がいる。俺だってアンネリーセが奴隷じゃなければ、とっくの昔にお願いしているところだ。

ただ、彼女がそばにいると首斬りネストが出てこないと思う。できればどこかに行ってほしい。

「あんた、名前は？」

「……アニー」

「そう。私はリネンサよ」

リネンサがアンネリーセの頭の先からつま先まで品定めするように見た。

「アニーは美人ね。こんなところで客引きなんかしなくても、店に所属すれば人気になるんじゃないの？」

「たまにしか取らないから」

「ふーん。美人は言い値で買ってもらえるから、楽でいいわね。私なんか……」

リネンサが俯《うつむ》き肩を震わせる。泣いているのか？　情緒不安定だな、大丈夫か？

「大丈夫？」

アンネリーセがリネンサの肩に手を置く。

リネンサは左手で両目を覆い、すすり泣く。

「大丈夫よ、私なんか首斬りネストに殺されればいいんだから」

「そんなことないわ。死んではいけないわ」

「あなた、優しいのね」

リネンサの右手がアンネリーセの肩に。

「大丈夫よ、死ぬのは私じゃないから！」

「っ!?」

ドレスのスリットから出てきた太ももにはナイフが。

ヤバいと感じた俺は無意識に手を出していた。

ガシッ。

リネンサのナイフは、アンネリーセの首の手前で止まった。そのナイフの刃を俺が掴《つか》んでいるからだ。痛いがアンネリーセに刃が届かなくてよかった。

「な、なんだい、あんたは!?」

「それはこっちのセリフだっ」

リネンサの顔面を殴り飛ばす。

手加減したつもりだけど、鼻が折れるくらいは構わないだろう。

「ご主人様!?」

ナイフの刃を握る俺の手を、アンネリーセの両手が包み込む。

柔らかい手の感触が、俺の指を一本一本広げていく。

「俺は大丈夫だ」

暗殺者でも防具をつけているから、物理防御力はそれなりにある。ステータス制の良いところは、生命力がゼロにならない限り死なないということだ。

ナイフを掴んで減った生命力はたったの五ポイント。幸いナイフに毒は塗られてなかったから、それだけで済んだ。

「ご当主様!」

「ガンダルバン。逃がすなよ」

「はっ!」

ガンダルバンがリネンサを押さえ込む。巨躯でレベル二八の剛腕騎士に押さえ込まれては、小柄なリネンサに逃げる術《すべ》はない。

ロザリナが俺のところに駆け寄り、俺に抱きつく。

「ご主人様！」

「俺は大丈夫だ」

「はいなのです」

涙目のロザリナが、ギューッとしがみついてくる。痛い、痛いからちょっと力を緩めてくれ。

「ご主人様、ポーションをお飲みください！」

「薄皮一枚切れただけだから」

「お飲みください！」

「お、おう……」

アンネリーセのあまりの勢いに気圧《けお》された俺は、ポーションを飲んだ。

たった五ポイントの生命力のためにそこそこ高価なポーションを飲むのはもったいないが、それでアンネリーセの気が済むならいいか。

騒動を聞きつけて、ロークたちが駆けつけてきた。

あとはロークに任せればいいだろう。寒いから早く風呂に入りたい。

「トーイ殿！」

ローク隊長が駆け寄ってくる。暗闇から顔面凶器が現れると、かなり怖いものがある。無意識に攻撃しなかった俺を自画自賛。

「あの女が首斬りネストなのですか？」

「ナイフでアンネリーセの首を斬ろうとしたのは確かですが、首斬りネストかどうかは」

「レコードカードを確認させます」

「そうしてください」

詳細鑑定をしておけば、もっとスマートに捕縛できたはずだ。アンネリーセに怖い思いをさせずに済んだ。ちょっと反省だな。

「間違いない。こいつが、この女が首斬りネストだ」

レコードカードを確認したロークが自慢げに叫んだ。

しかし首斬りネストの正体が娼婦だとは思わなかった。いや、まだ娼婦と決まったわけではないか。でも女だとはまったく思っていなかった。思い込みはダメだよね。

多分だけど、騎士団や警備隊の誰もが男だと思っていたはず。俺だけが勘違いしていたわけじゃないのが救いだな。

「なんで騎士団がいるのよ。あんたたちの巡回は終わったって聞いたのに！」

リネンサが叫ぶと鼻血が飛び散った。

「お前を捕縛するための嘘《うそ》の情報だ。引っかかってくれて助かったぞ」

ロークがとても誇らしげにリネンサを見下ろしている。それ俺の作戦だからね。

首斬りネストをおびき出すために、この辺りの娼館《しょうかん》や酒場に騎士団の巡回が終わったと噂《うわさ》を流させた。リネンサはその噂に騙《だま》されて、出てきたようだ。

まさか一日目で首斬りネストを捕縛できるとは思っていなかったから、情報操作の有用性を思い知ったよ。

「ローク隊長。あとは任せてもいいですか」

「はい。お任せください！」

縄でぐるぐる巻きにされたリネンサを見て、俺は頬《ほお》を引き攣らせる。なんで亀甲縛りっ!?　以前、アンネリーセも亀甲縛りをしたけど、この世界では亀甲縛りが普及しているの？

細かいことは置いておいて、俺は踵《きびす》を返して帰ろうとした。

「ぎゃぁぁぁっ」

なんだ？

悲鳴が聞こえたほうを見ると、騎士団員が吹き飛ばされて壁に激突したところだった。

何が起こった？

「ウガァァァァァァァッ」

リネンサの筋肉が盛り上がって、それが縄を引きちぎった。

「えぇ……なんの冗談だよ？」

「「ご主人様」」

アンネリーセとロザリナが俺を庇《かば》うように前に出る。

「ご当主様。お下がりを」

ガンダルバンがさらに前に出ると、それに続いて兵士たちも俺たちを守るように展開して警戒マックス状態。

リネンサの筋肉はどんどん大きくなり、まるで巨大なゴリラのようになっていく。

「あれはなんだ？　何が起きているんだ？」

「まさかあれは!?」

「ガンダルバンはあれが何か知っているのか？」

「……おそらくですが、あれは悪魔憑《つ》きです」

「悪魔憑き……？」

「悪魔と契約した者のことです」

なんとまぁ……。まるで映画のような話だな。

詳細鑑定でリネンサを見た。マジか……。

▼詳細鑑定結果▼

【ジョブ】娼婦　レベル一五　（悪魔憑き　レベル三〇）
【スキル】房中術（中）　性病耐性（低）　絶倫（低）
【契　約】下級悪魔パティス

本当に下級悪魔と契約していたよ！

リネンサは本名みたいだけど、なんでネストなんだろうか？　それなら首斬りリネンサでいいじゃないか。

あー、でも首斬りリネンサじゃ、こいつが犯人ですってタレこまれそうだな。

てかさぁ、ジョブが娼婦っていいのか。スキルに性病耐性があるからいいのか？

おっと、こんなことを考えている場合じゃないや。

「こいつ、悪魔憑きだぞ！　盾持ちは前列に！」

「隊長、盾持ちなんていませんよ。俺たちは探索者や平民の格好をしているんですから」

「うっ……こんな時に」

なんかすみません。その作戦、俺が提案しました。

しょうがない。ここは一肌脱ぐか。

「俺を囲んで、騎士たちから見えないようにするんだ」

「はい。お前たち、ご当主様を囲め」

ガンダルバンたちは俺よりも大きな体をしているから、俺を隠すのは簡単だ。

アイテムボックスからガンダルバンたちの盾と武器を取り出して渡す。俺もガーゴイルバスターを取り出した。

「ローク隊長。ここは俺たちが」

「す、すみません。おい、すぐに援軍を呼ぶんだ」

俺たちが前に出ると、ロークは近くに展開している騎士団を呼びに行かせた。

その間にもリネンサはまるで巨大なゴリラのように変形して、二階建ての建物くらいの大きさになった。まるでニューヨークのビルに登ったゴリラのように大きいが、その頭には羊のような巻き角があり、ついでに尻尾まである。

特撮の怪人が変身するのを見ているようで、ちょっとだけウキウキしてしまったのは内緒だ。

「#%(&$%($#%&(%#&%&$#」

「何を言っているんだ？」

まるでノイズのような不快な声を発するリネンサ。いや、すでに下級悪魔パティスに体を乗っ取られている。受肉というやつっぽい。


下級悪魔パティスは、体が巨大ゴリラ、頭は雄羊、背中にコウモリのような被膜の翼の化け物になった。

「モウスコシ　チカラヲ　タクワエテカラ　ジュニクスル　ツモリダッタガ　マアイイ　オマエタチヲ　イケニエニシテヤロウ」

あ、喋った。さっきのノイズはなんだったんだよ。

「しかし片言なんだな。所詮《しょせん》は下級悪魔か」

「ワレヲ　バカニスルトハ　イイドキョウダ」

睨まれてしまった。

下級悪魔パティスが体をちょっと動かすと、石造りの建物が破壊された。

「うわー、迷惑な奴だな」

「ご当主様。悪魔の強さは尋常ではありません。後方に」

ガンダルバンの表情に余裕がない。それほど強いということか。

「いや、俺も一緒に戦う。勝てそうにない時は、逃げるけどな」

「そうしてください」

「フフフ　ワレカラ　ニゲラレルト　オモウナヨ　ヒトヨ」

「ふふふ。逃げる気はないから安心しろ、下級悪魔よ」

俺は下級悪魔パティスと睨み合いながら、不敵に笑う。

「いきます！」

ガンダルバンがアンガーロックを発動。

「グオォォォッ」

ガツンッと鈍い音。下級悪魔パティスの拳を、ガンダルバンが盾で受け止めた。

ガンダルバンの足元の地面が窪《くぼ》む。それだけで、相当な威力があるのが分かる。

「こんなものっ」

ガンダルバンが下級悪魔パティスの拳を押し返す。パワーで引けはとらない。

「ナンダト」

下級悪魔パティスは驚いているようだけど、レベル差はほとんどない。

下級悪魔パティスのレベルは三〇。対してガンダルバンのレベルは二八。四人の兵士もアンネリーセもロザリナも皆レベル二八だ。

多少の不利はあっても、決定的な差ではないのだよ、下級悪魔くん。

ロザリナと兵士たちが下級悪魔パティスを囲んで殴る。アンガーロックが効いている間は、ロザリナたちに攻撃が向くことはない。

下級悪魔パティスが暴れるにつれて、周囲の建物が破壊されていく。民間人が蜘蛛《くも》の子を散らすように逃げまどう。

ロークたちが民間人の避難誘導をしている。父親は脳筋だけど、ロークはまともだ。顔は同じDNAだけど。

俺はメインジョブを両手剣の英雄にし、サブジョブを暗殺者に変更した。

隠密を発動させ、下級悪魔パティスの後方に移動。

ジャンプしてガーゴイルバスターを振り下ろす。

ズバンッ。

「グギャアアアッ」

下級悪魔パティスが振り向くが、俺はすぐに隠密を発動しているから姿は見えないはずだ。

「ドコダッ」

怒りの声だと分かる。

虫けらくらいにしか思いつかない人間に、大きなダメージを受けて怒っているんだな。

下級悪魔パティスはガンダルバンに攻撃するが、それが周囲の建物へも被害をもたらす。石の破片が雨のように降り注ぎ、それが避難する民間人に当たって被害を出していた。

「ブチコロス　デテコイ」

そう言いながらガンダルバンを殴る。怒りは俺へ向いているようだが、体がガンダルバンを攻撃するようだ。見ていてちぐはぐな言動になっている。

だいたいさ、怒りたいのは俺のほうだぞ。こいつがリネンサにとり憑いたおかげで、三時間以上も寒風に曝されていたんだからな。風邪ひいたらどうしてくれるんだよ。

アンネリーセだって囮とはいえ危ないところだった。この怒りはまとめて全部こいつに叩《たた》き込んでやる。

「ドコニ　イルゥウウッ」

ここにいるさ。ズバンッ。

「グアアアアッ」

「アンガーロックッ」

「ファイア」

ガンダルバンがアンガーロックをかけ直すと、アンネリーセのファイアが命中。

火に焼かれて悲鳴をあげる下級悪魔パティス。いい気味だ。

――――アシッドストライク。

「ギャアアアッ　ヒキョウモノッ　スガタヲ　アラワセ」

リネンサにとり憑いて、悪さをしていた奴にだけは言われたくない。

今のアシッドストライクで、下級悪魔パティスの物理防御力値が三〇パーセント低下した。

「今だ、ぶちかませっ」

「「「「応！」」」」

「はいなのです」

ガンダルバンのスキル・パワーアタック（中）。物理攻撃力値が三倍になる攻撃だ。

二人の剣士のスキル・スラッシュ（中）。こちらも物理攻撃力値が三倍になる攻撃だ。

二人の槍士《やりし》のスキル・三連突き（中）。これは物理攻撃力値が三・五倍になる攻撃だ。

ロザリナのスキル・ラッシュ（低）。これは一分間攻撃回数が三倍に増え、物理攻撃力値＋三〇ポイントになるスキルだ。

そしてアンネリーセの無属性魔法・マナストライク（中）。マナの槍《やり》を放つ攻撃が、下級悪魔パティスを貫いた。

「グアッ……」

ズドンッ。

下級悪魔パティスが倒れた。生命力もゼロになった。終わりだ。

「ご主人様」

「ご主人様～」

アンネリーセとロザリナが抱きついてくる。うん、いい感触だ。何とは言わないが、とても柔らかい。

「ご当主様。お怪我《けが》はございませんか？」

「怪我はない。皆もご苦労様」

「思ったよりも楽に倒せました。レベルが上がったおかげです」

四人の兵士は、俺のところに来る前のレベルで出会ったらヤバかったな。

「トーイ殿！」

「ローク隊長。後始末をお願いしていいですか？」

「もちろんです！」

寒くて死にそうだ。早く風呂に入りたい。さっさと退散だ。

「ぎゃぁぁぁっ」

今度は何!?　え、また？

振り返ると、なんと下級悪魔パティスが立ち上がっていて、キング●ングよろしく片手で兵士を掴んでいた。むさい髭面《ひげづら》の兵士だ。

なぜ美女にしない!?

避難したから近くに美女なんていないけどさ。

「なんで生き返っているんだ？」

「そうか!?」

ビックリしたー。どうしたんだよ、ガンダルバン。

「忘れておりましたが、たしか悪魔は聖職者か勇者でないと殺せないと聞いたことがあります」

「はあ？　……もっと早く思い出せよぉ」

「申しわけございません。随分昔に聞いた話だったので……」

ガンダルバンを責めてもしょうがない。詳細鑑定をしっかり読んでなかった俺が悪いんだ。

しかし悪魔って面倒だな。

【ジョブ】下級悪魔　レベル三〇
【スキル】ヘルファイアブレス（低）　悪魔契約（低）　囁《ささや》き（低）　復活・悪魔

たしかにスキルに復活・悪魔がある。

このスキルによって勇者や聖騎士、聖者のような聖属性を扱えるジョブ以外ではとどめを刺せないとある。

下級悪魔パティスが背中の翼をバサッバサッと羽ばたかせて飛び上がる。逃げる気だな。

「コノクツジョク　カナラズハラス　クビヲアラッテ　マッテイルガイイ」

そういうの要らないから。

「アンネリーセ。あいつを落としてくれ」

「はい！　マナハンド！」

ヌーッとマナハンドが伸びていき、下級悪魔パティスの足を掴んで引きずり落とす。

「グッ　コンナモノッ」

なおも逃げようとしている下級悪魔パティスは、必死に翼を羽ばたかせている。

「必死だな」

ズドンッ。

「ナッ⁉」

隠密を発動して近くの建物の壁を何度か蹴上がって屋根に上り、そこから大ジャンプして下級悪魔パティスの翼を斬った。

「ギャアアアッ」

片翼を失った下級悪魔パティスは地面に落下、その衝撃で掴んでいた兵士を手放した。

「アンガーロック！」

ガンダルバンがすかさずアンガーロックで、下級悪魔パティスの敵対心を引きつける。これで下級悪魔パティスは逃げたくても逃げられなくなった。ざまぁ。

「今だ、殴れ！」

俺の指示でロザリナと兵士たちが再び下級悪魔パティスを囲んでボコボコにする。

俺たちが殴りかかると、ロークが捕まっていた兵士を回収した。

「ウットウシイ　ヤツラダ」

鬱陶《うっとう》しいのはお前だよ。

「オマエタチデハ　ワレヲ　コロス　コトナド　デキヌト　シレッ」

腕を振り回し暴れる。

「うるせぇんだよ、この雑魚がっ」

ズバンッとガーゴイルバスターを振り抜く。急所突きと隠密の効果でウルトラクリティカルが発動し、生命力がグンッと下がる。

「ローク隊長。今のうちに全員を退避させてくれ」

「承知しました」

騎士団員も含めて、逃げ遅れていた全員を退避させる。これからやることに、ロークをはじめとした騎士団員は邪魔だ。

「うおおおっ、アンガーロックッ」

ガンダルバンはタンクとしてよくやってくれる。ガンダルバンがいなかったら、下級悪魔パティスを倒そうなんて思わなかっただろう。

「キサマラァァアッ」

口から黒い炎が放たれる。

ガンダルバンはその炎を盾で受け止め、ロザリナは後方へ大きく跳んで退避、兵士たちは下級悪魔パティスの後方に回り込んで炎を回避した。

戦い慣れていたのは知っていたが、初見のヘルファイアブレス攻撃を避《よ》けるなんて皆なかなかやるね。

「生命力回復！」

ガンダルバンはスキル・生命力回復（中）を使った。これで生命力が一〇〇ポイント回復する。全快だ。

「アシッドストライクッ」

俺も負けてられない。アシッドストライク、急所突き、隠密のトリプルコンボを発動。

「よし、物理防御力が下がったぞっ」

スキル・アシッドストライクは五十パーセントの確率で物理防御力を低下させる。今の一発で効果発動だ。

皆がそれぞれの必殺技（スキル）を放つ。

ズドンッ。下級悪魔パティスが倒れた。

「グギャアアアッ……」

ここで先ほどは気を抜いて復活させてしまった。

今回はそんなヘマはしない。

「聖剣召喚！」

メインジョブを転生勇者に変更し、スキルを発動させた。

眩《まばゆ》い光の粒子が俺の前に集まってきて一つになり、剣の形を模《かたど》っていく。

現れたのは俺が扱い慣れている両手剣だけど、ゲームに出てくるような装飾を施された剣だった。

中二病を発症しているような、とても派手な剣である。

その柄《つか》を掴みジャンプし、下級悪魔パティスの胸に降り立つ。

「もう二度と悪さするなよ」

聖剣を逆手に持ち、胸に突き刺す。

下級悪魔パティスは一瞬ビクンッとしたが、胸の傷口から光の帯が四方八方に飛散。まるで砂山のような脆《もろ》さを見せ崩れていき、寒風によって吹き飛ばされていく。

「ご主人様！」

「ご主人様～」

先ほどと同じくアンネリーセとロザリナが抱きついてくる。うん、良い感触だ！

「ご当主様……その剣は……」

聖者や勇者じゃなくても下級悪魔パティスの生命力をゼロにすることはできる。数秒かもしれないが復活までに時間がかかるのは分かっているから、動かない間ならレベル一の転生勇者でも安全に下級悪魔パティスを攻撃できると思ったんだが、本当に倒せた。

「あー、これのことは絶対に口外したらダメだからな」

聖剣召喚を解除すると、聖剣は光の粒子になって四散した。

「そんなものを召喚できるなんて、絶対に言えませんよ！」

日頃冷静なガンダルバンが叫んだ！

「ご主人様ですから、諦めてください」

アンネリーセさんや、それ、何気に酷くないか。

「ご主人様はご主人様なのです！」

うん、ロザリナはお黙り！

「まったく……いったいいくつの秘密をお持ちなのですか……」

「知りたい？」

「いえ、知りたくないです。言わないでください。今はあの剣だけでお腹一杯です！」

すっげー拒否られた。そんなに拒否らなくてもいいのに。

「ご当主様。こちらをご覧ください」

兵士の一人——リザードマン剣士のジョジョクが地面に落ちている何かを発見した。

「む、これは……」

直径十センチくらいの球の中で火が燃えているように見える。危ないものなんだろうか？　触ったら爆発しそうだ。

▼詳細鑑定結果▼
・宝珠（下級）：使用することでスキル・精霊召喚を取得し、下級精霊一体と契約できる。価値は計り知れない。

ある意味、危ないものだな、これは。

しかし悪魔を倒すとこんなものが手に入るのか!?　これは俺に悪魔狩りをしろと言っているんだ

よな？　むふふふ。面白くなってきたぞ！

それにしても悪魔からのドロップアイテムなのに、精霊と契約か。そういうのって、悪魔と契約できるとかじゃないのか？　悪魔などと契約しないけどさ。

「ご主人様。ローク様です」

「ん、了解」

宝珠（下級）をアイテムボックスに収納。メインジョブも剣豪にチェーンジッ！

これで証拠はなくなった。隠蔽《いんぺい》完了だ！

「悪魔は逃げた。これで通すぞ。いいな」

「「「「承知しました」」」」（ガンダルバン、兵士たち）

「はいなのです」（ロザリナ）

「それがよろしいでしょう」（アンネリーセ）

「トーイ殿！」

ロークが息を切らせて走り寄ってきた。

「あの悪魔は？」

「すみません。飛んでいってしまい、逃がしてしまいました」

翼があったのは、ロークも見ていたから納得してね。片翼を斬ったのは忘れてくれ。追及されたら生えたことにしよう。うん、そうしよう。

「そうですか……。すぐに公爵閣下に報告をします。一緒に登城してください」

えぇぇぇ……嫌だよ。早く風呂に入りたいのに。などと言えず、俺は城へ向かった。はぁ……。

目の前には眉間にシワを寄せた公爵。眉間のシワはザイゲンのキャラだよね。そのザイゲンはシワどころか溝になっていたよ。

ロークの部下たちが首斬りネストことリネンサについてあの界隈《かいわい》で聞きとり調査をしたところ、リネンサは長年ヒモだった男に騙されて莫大《ばくだい》な借金を背負わされたそうだ。しかもその男はリネンサの住居の近くで、別の女と暮らし始めたという。

そりゃー恨むよな。俺ならその男を殺しているところだ。でもリネンサはその男ではなく、寝とった女を恨んだ。それはその女だけではなく、他の女もだ。世の中の女全てとまではいかないが、寝とった女と同じ娼婦を恨んだ。

その結果、悪魔に憑かれてしまい、娼婦たちを殺すようになった。悪魔は殺した女たちの魂を食い、とり憑いたリネンサの怨嗟《えんさ》の感情を食らった。

「悪魔は倒しても倒しても復活すると聞いたことがある。討伐できなかったのは痛いが、致し方ないか……」

しょうがないよね、だから早く俺を解放してちょーだい。

「悪魔の件は国に報告しなければいけません」

「うむ。次はどこに現れるか分からぬから、私はここを離れられぬ。誰を使者にするか」

公爵とザイゲンが国への報告の使者について話し合って、誰それに任せるとか言っている。俺、いなくてもいいよね。

「バルカンは領内各所に警戒をさせよ」

「承知いたしました」

悪魔は俺が倒したから警戒しなくていいとは、言えないんだよね……。倒したのを知られると、俺が聖職者や勇者なのかと怪しまれる。面倒なことになるのは、間違いない。

「さて、フットシックル名誉男爵」

「はい」

やっと帰れるんだね。

「今回の件、よくやった。褒美を取らす」

「えぇぇ……」

褒美は呼び出さないことでお願いします。

「なんでそんなに残念そうにしてるんだ？」

「あ、いえ、なんでもないです」

「まあいい。フットシックル名誉男爵のこの度の働きは、素晴らしいものだ。よって勲三等牡丹《ぼたん》勲章と金百万グリルを与える」

ＯＫ、勲章とお金もらって終わりね。眠いし風呂も入りたい。早く頂戴。

「悪魔を撃退したが、倒したわけではないから牡丹が妥当であろう」

え、俺に聞いているの？　勲章の種類なんて知らないんですけど。

「勲三等牡丹勲章は中位の功績に対する勲章だ。今回は悪魔の撃退ということで、討伐ではないため牡丹が妥当だと仰っておいでだ」

ザイゲン《辞書》が教えてくれた。

ちょっと待てよ。褒美にアンネリーセの奴隷解放を頼んだら、ＯＫされるんじゃない？

「あの……」

「何か」

「勲章は要らないので、私の奴隷を解放していただけないでしょうか？」

「その奴隷のことはザイゲンから聞いている」

ザイゲンはちゃんと公爵にアンネリーセの話をしてくれていたようだ。

「アンネリーセがいなければ、悪魔の撃退はできなかったでしょう。ですから、どうか恩赦を与えていただければと」

公爵は腕を組み、数秒考えた。

「いいだろう。恩赦を与えよう。その上で、フットシックル名誉男爵に勲章を与える。いいな」

勲章はどうでもいい。アンネリーセの解放が赦《ゆる》されただけでも、悪魔を倒した甲斐《かい》があったというものだ。

「感謝いたします。公爵様」

「後日、そうだな、五日後に勲章の授与式を行う。奴隷の解放もその時に行う」

「へ？」

何それ？　勲章の授与式？　そんなのするの？

「勲章は授与式を行うものだぞ、フットシックル名誉男爵」

ザイゲンに呆《あき》れられたけど、俺はそんなこと知らないよ。

「でも名誉男爵になった時は何もしなかったですよね？」

「其方の叙爵理由が他の者に洩《も》れるのはよろしくなかった」

シャルディナ盗賊団を壊滅させた功績だっけ？　俺は認めてないよ。

「あの時は貴族の中にも関係者がいて、いくつかの家を潰《つぶ》した。其方がその恨みを買うのを避けるためにも、其方は献金によって名誉男爵になったことにしている」

「献金ですか？」

「献金の額が多い者に、年に数人名誉男爵を授爵している。それに紛れ込ませたのだ」

「なるほど」

公爵も考えているんだ。

「今回は悪魔の件だ。このケルニッフィの存亡の危機とも言えるような事案だからな。盛大に勲章授与式を行うとしよう」

それは要りませんから。

そんなわけで勲章をもらうことになってしまった。残念に思っているとバルカンと目が合った。

「ふむ。良い気配だ」

「え？」

バルカンに微笑《ほほえ》まれたんだけど……。まさか俺の剣豪レベルが上がったのを、野生の勘で感じ取ったたのか？

五章　精霊召喚

Side　バルカン

面白い男を見つけた。

最初にその男に会ったのは、公爵閣下の執務室だ。その時は、顔は見えなんだ。不敵にも姿を隠して公爵閣下の執務室に侵入しておったわ。

公爵閣下の私室にも侵入されたと聞いた時は、血の気が引く思いだった。公爵閣下は笑っておられたが、それはこの城の警備の責任者として命をもってお詫《わ》びすべき一大事だ。

男はシャルディナ盗賊団と関係を持っている者らの名簿を提示した。ここまでお膳立てされては、俺の面目は丸潰れだ。だが、俺にできぬことをしてくれた恩人でもある。

俺は騎士団を率いてシャルディナ盗賊団のアジトを襲撃した。頭目のシャルディナは、隠し通路から逃げ出していたが、配下の者共はその通路で死んでいた。そしてシャルディナ本人は隠し通路の先の小屋の中で縛られていた。おそらく名簿を渡してくれた男がやったのであろう。

悔しいが、全てその男の手のひらの上で踊らされていたようだ。

他にもシャルディナ盗賊団の関係者はことごとく捕縛するか斬り捨てられていた。

ある日、ザイゲン殿からあの男の身元が判明したと聞いた。公爵閣下より本人であれば連れてこいと命じられ、俺は探索者ギルドに向かった。

その男、いや、あれは女なのか？　性別はともかく、その者が持つ気配は俺の目を誤魔化《ごまか》せない。

「間違いない。奴だ」

自慢ではないが、俺は気配には敏感なのだ。武一辺倒な俺が公爵閣下にお仕えできているのも、目を閉じていても気配でそこにいる者が誰なのか分かるからだ。

「フフフ。見つけたぞ」

その者を連れていくと、公爵閣下は褒美を与えると仰《おつしや》った。悔しいが、この者の功績は大きい。あの名簿がなければ、複数あるアジトの場所や関係者の存在は分からないままだった。だから俺は納得して、その者の叙爵を祝った。

トーイなるその者は、あれだけの気配遮断の力を持っているのに、剣の腕はまるで素人。歩く姿を見れば、武を学んだことなどない者だとすぐに分かった。

恩返しのために、このトーイという者を鍛えてやろう。そう思い、トーイを騎士団の訓練に誘った。

トーイは面白いように成長していった。一カ月少々の訓練で、なんと剣豪に転職したというではないか。さすがに剣豪は想像しておらなんだわ。

だが、トーイはいい。負けん気が強いのが何よりもいい。上を目指す者は、何度倒れても立ち上がる者だ。その意志がない者は、上にはいけない。

俺ができる恩返しはこのトーイを一人前の戦士に鍛え上げること。戦場で死ぬことなく、生きて帰ってくるだけの力をつけてやる。トーイの成長速度を見ていると、すぐに俺を追い抜く。そう感じるものがある。

「フフフ。俺もまだまだ上を目指さねばならぬか。負けてはおられんわ」

Side トーイ

起きたら目の前にアンネリーセの胸があった。気持ちよいクッションだと思っていたが、アンネリーセのＯＰＰＡＩだったようだ。

寝ている間にアンネリーセに抱きついていた。悪いことをしてしまったが、俺は後悔してない。だってアンネリーセのＯＰＰＡＩに俺の顔がすっぽりと収まる感じがとても気持ちよいから。

「おはようございます。ご主人様」

「おはよう、アンネリーセ」

エメラルドグリーンの瞳に俺が映っている。いつ見ても宝石のような瞳だ。

「ロザリナは？」

「ガンダルバン様と訓練をしています」

「訓練？　こんな朝早くからか？」

「うふふふ。もうすぐお昼ですよ、ご主人様」

朝かと思ったらもう昼か。よく寝たな。転生六十日目は、泥のように眠っていたようだ。おかげで体調は万全。元気すぎて困ってしまう。どことは言わないが。

「お昼は何がいいですか？」

「うーん……アンネリーセが食べたい」

「……いいですよ」

「えっ!?」

アンネリーセの唇が俺の唇に合わさる。

なんて柔らかいんだ。これがアンネリーセの唇なのか。ファーストキッスはレモンの味とか誰かが言っていたが、それは嘘《うそ》だ。甘くて甘くて、とっても甘いじゃないか。

「アンネリーセの唇は美味《おい》しいね」

「唇だけですか？」

「唇だけじゃないと思う。でもさ、これ以上はいけないよ」

「なぜです？　ご主人様は私を自由にできますよ」

潤んだ瞳にドキリとする。ああ、俺はアンネリーセが好きなんだと、心の奥深くにあるものを感じた。

「そ、そうだ。アンネリーセは奴隷から解放されることが決まったよ」

このままではアンネリーセを押し倒しそうだから、話を変える。

「え？」

「今回の悪魔撃退の褒美で奴隷から解放してもらえることになったんだ」

「それは……私はもうご主人様には不要なのですか……？」

「そんなわけないだろ！　アンネリーセは俺の大事な人だ。奴隷から解放されても離しはしない！」

「っ!?」

思わずまくしたててしまった。恥ずかしい。

「声を荒らげてしまって、ごめん。でも今の言葉は本当のことだから、俺はずっとアンネリーセと一緒にいたい。俺のそばにいてほしいんだ」

「……はい。ありがとうございます。死が二人を分かつまで、私はご主人様のそばにいさせていただきます」

嬉《うれ》しいことを言ってくれる。俺もアンネリーセといつまでも一緒にいたいよ。

エルフは長寿だけど、ハイヒューマンになった俺も長寿だ。嬉しいことに、アンネリーセと長い時を過ごせる。こんなに嬉しいことはないよ、本当に。

「奴隷から解放されるのは嬉しいのですが、私が起こした事故によって、多くの方にご迷惑をかけてしまいました。本当に解放されていいのでしょうか……」

「その事故は不幸な出来事だ。負い目はあるだろうが、それでもわざとやったわけじゃない。被害にあった人たちのことを忘れず、生きていけばいいと思うぞ」

「はい……」

アンネリーセが泣き出した。嬉し泣きだよね、俺も嬉しいよ。


昼食後、俺はステータスを確認した。

あの下級悪魔パティスとの戦闘で両手剣の英雄と暗殺者、そして転生勇者がレベルアップした。

両手剣の英雄と暗殺者は共に一つ上がってレベル二六になり、転生勇者はなんとレベル九になっている。下級悪魔でもレベルが三〇もあったからかな。

転生勇者を使うつもりはなかったが、聖属性の攻撃ができる数少ないジョブだったからしょうがないよね。使うつもりのないジョブだったけど、出し惜しみして皆が傷ついたら後悔してもしきれない。


さて、問題はあの下級悪魔パティスからドロップした宝珠（下級）だ。

この宝珠（下級）を使えば、スキルを覚えるらしい。ジョブではなくスキルだ。

そもそもスキルを覚えるのはいいが、ジョブは関係ないのだろうか？　もし対応するジョブがないと使えないとかなら意味のないものだ。詳細鑑定でもそこら辺は教えてくれなかった。

「でも使うんだけどね」

テーブルの上に置いた宝珠（下級）を持ち上げ、使う、と念じる。

「俺に精霊召喚を与えろ」

宝珠（下級）はスーッと消えていった。え、これだけ？

慌ててステータスを確認する。

スキルじゃなく、ユニークスキル欄にあったよ。

・**下級精霊召喚（〇／一）**：下級精霊一体を召喚し、使役する。召喚される精霊はランダムで決まる。現在使役中の精霊はいません。

「ここで召喚してもいいのだろうか？」

自室が破壊されたら嫌だから、外に出よう。

庭ではガンダルバンと兵士たち、そしてロザリナが訓練していた。今朝もしていたらしいけど、昼からもしてるんだね。バルカンの脳筋遺伝子受け継いでないか？

「ご当主様も剣を振りますか」

ガンダルバンとロザリナはバルカンほどではないが、脳筋だ。この二人につき合っていると、朝から晩まで訓練することになる。信じられないよ。

「いや、俺はちょっとやることがあるから」

ちゃんとお断りして脳筋たちから離れる。せっかくバルカンのしごきから解放されたんだ。しばらく自由を満喫するぞ。

庭の端に陣取り、下級精霊召喚を意識した。

「精霊よ、出てこい」

俺の声に呼応するように、地面が盛り上がる。なんだ、何が起こった？

盛り上がった地面から芽……植物の芽が出てきて、それが成長していくつもの枝が絡み合っていく。いや、これは蔓《つる》か？　その蔓に棘《とげ》があることからバラ系のようだ。複雑に絡み合っていく蔓が半径五十センチの球体を形成して動きが止まった。

蔓でできたボールのようなものがぱかりと開き、そこから淡いピンク色の光の玉がふわりと浮き上がる。

なんとなく分かったが、この光の玉が精霊のようだ。

「俺の言葉は分かるか？」

ふわふわと浮いているが、大きく上下する。分かるようだ。

「お前はなんの精霊なんだ？」

俺の精霊のイメージは、火とか水などの属性があるものだ。

精霊は自分が出てきた蔓の周りを飛んだ。植物の精霊っぽい。

思っていたよりも地味な精霊だった。痛い、痛いって、蹴るなよ。なんで光の玉なのに蹴れるんだよ。

ふと気配を感じて、振り返る。

ガンダルバン、ロザリナ、兵士たちが口を開けて俺を見つめていた。

「どうした？」

「……どうしたではないでしょう。その光るものはなんですか？　まさかと思いますが、精霊なんて言わないですよね」

ガンダルバンの眉間のシワが凄《すご》い。今はザイゲンよりも深くなっているぞ。てか、ちゃんと諦観《ていかん》してるじゃん。

「うん。精霊。植物系の下級精霊だって」

「「「「………」」」」

「うわーっ、精霊様なんですね！　さすがはご主人様なのです！」

ガンダルバンたち五人は呆然《ぼうぜん》、ロザリナだけが仰望《ぎょうぼう》の眼差しだ。でも精霊に様をつけて呼ぶのなんで？　精霊信仰とかあるのかな？

「ご当主様には常識などないと思っていましたが、本当に常識がないですな。精霊を召喚できる存在がどれほど貴重か、ご当主様は理解しておいでですかな。言わなくても分かります。理解してないのでしょう。ええ、分かっておりますとも。その上で申し上げますが、何かする時は某《それがし》かアンネリーセ殿に相談してからにしてもらいたいものです。それでもご当主様の非常識は隠せないでしょうが、多少は和らげることができるかもしれません」

おおお、まくしたてたな。

「ストレス溜《た》まってるのか？」

「誰のせいですか、誰の……はぁ……」

そんなに大きなため息を吐《つ》かなくてもいいじゃないか。

「で、精霊召喚は非常識なんだな？」

「ちょっと待っていただけますか。心を落ちつけます」

なんだかすまん。

大きく息を吸って吐くガンダルバンが、キッと俺を見てくる。

「さて、ご当主様」

「はい」

「精霊を使役する者がこの世界にどれほどいるとお思いでしょうか？」

どれほどと言われてもなー……。ユニークスキルがこのケルニッフィに数人いるかどうかだから、もう少し広げて国に数人だとすると、世界に数十人から百人くらいかな？

「百人くらい？」

「はぁぁぁ」

滅茶苦茶大きなため息なんですけど。もっと多かった？

「私が知る限り精霊召喚ができる、いえ、できたのは十数人です。それも歴史上十数人ですよ」

歴史上十数人とか、少なすぎるだろ。悪魔を倒せば宝珠がドロップするんだろ？　だったらもっと精霊召喚できると思うんだけど。

「その顔は分かってないですね。いいですか、精霊召喚ができたのは過去の勇者や聖女などのごく一部の絵本になるような伝説的な方々なのです。もしご当主様が精霊を使役していることが知られたら、どれほど大きな騒動に発展するか分かってないですよね？」

ガンダルバンの強面《こわもて》の顔が近いんですけど。

「お、おぅ……なんかすまん」

「さて、今の話を踏まえて、ご当主様はどうされますか？」

いきなり質問!? これはなんと答えるのが正解なの？

「な、内緒にする？」

「そうです。人に知られないように、隠蔽《いんぺい》してください」

正解だったーっ！

「まずは、精霊を出すのは人目につかないところでだけ。この屋敷の庭は石塀があるとはいえ、安心できません。屋敷の中に入ってください」

「はい」


参ったー。ガンダルバンの奴、屋敷の中でめっちゃ説教するんだもん。しかもアンネリーセまで加わって、俺は小さくなって「はい、ごもっともです」しか言ってない気がする。

件《くだん》の精霊は、俺が二人から説教されている間、俺の周りをふわふわ飛んでいた。気楽なもんだ。

幸いにも精霊は姿を消せるから、他人に見られなくすることができる。姿を消した状態でも、俺にはなんとなくホワーッと光って見えた。見えない精霊に話しかけていると、危ない人に見られそうだけどさ。

あと、宝珠から精霊召喚のスキルが得られるというのは、あまり知られてないようだ。少なくともガンダルバンやアンネリーセは知らなかった。

ガンダルバンとアンネリーセの説教の後、二人の立ち会いのもとで精霊は何ができるのか検証することになった。

精霊を詳細鑑定すると、こうなる。

▼詳細鑑定結果▼

・下級茨《いばら》精霊　レベル二〇：固有名称はない。トーイ＝フットシックルの契約精霊。召喚、送還できる。送還時は元々棲《す》んでいた場所で過ごす。能力は次の通り。植物を操り、成長させる。精霊憑依《ひょうい》して使役者を強化できる。

植物のなかでも茨の精霊だったようだ。あの蔓を見たら、バラ系の植物なのは納得だな。

そんなわけで能力検証は、植物を育てるところを見せてもらう。

と思ったんだが、下級茨精霊が自力で出せるのは茨のみらしい。だから植物の種を色々購入することにした。

こういう時は、なんでも揃《そろ》うゴルテオ商会が便利です！

「これはこれは、トーイ様。ようこそおいでくださいました」

「ゴルテオさん。お久しぶりです」

貴族になった後、ゴルテオさんのところで使用人の服やガンダルバンたちの鎧《よろい》や武器など色々購入させてもらっている。

モンダルクの話では、酒や食料、その他色々なものをここで購入しているとのこと。ちょっとしたお得意様になっている。

「今日は植物の種とか苗などを見に来ました」

「植物の種ですか？　たしか今回の悪魔騒動でも大活躍され勲章を授与されると聞いております。領地でも下賜されたのですか？」

さすがは大商人。お耳がよろしいようで。こういう時は、早いと言うのかな？

「いやいやいや。家庭菜園でもしようかと思っているだけです」

「家庭菜園ですか……？」

あまり深く考えないでくださいと言い、種のある場所に連れていってもらう。

「聞いておりますよ、アンネリーセのこと」

歩いていると、ゴルテオさんがそう切り出してきた。

「アンネリーセは悪魔の撃退に大活躍してくれましたから。そのご褒美だと公爵様が仰《おっしゃ》ってくださいました」

「それはようございました。こちらが植物関連のものを扱うエリアです。ごゆっくり見ていってください」

棚が区切られ、種や球根などが置いてある。苗はないか。

「おお、そうでした。トーイ様は例の話を聞きましたか？」

例の話？　なんのことだ？　自慢じゃないが、こちとら噂話《うわさばなし》に敏感じゃないんだ。

「いえ、どういった話ですか？」

ガンダルバンたちに買い物を任せて、俺はゴルテオさんの話を聞こう。どんな噂なんだろうか。

「勇者の話です」

ドキッとしたが、どうやら俺の話ではなく、あいつらもこの国にいたんだよね。

バルカンのしごきを受けている時に、騎士や兵士が噂話をしていたのを聞いた。あいつらはこの国の王都に召喚されてかなり好き勝手やっているらしい。

「勇者相手に商売でもしましたか？」

「ははは。その逆ですよ。勇者がうちの王都の店にやってきて、魔剣を献上しろと言ったらしいです」

「はぁ？」

魔剣ってあの数百万グリルするやつだろ。それを献上？　バカじゃないのか？　いや、あいつらはバカだった。少なくともクズだ。

「それで魔剣を献上したのですか？」

「もちろん、丁重にお断りしました」

ゴルテオさんは笑みを浮かべているが、目が笑ってない。

「勇者アカバ様のパーティーがダンジョンに入り始め、一カ月半以上経過していますが、全然探索が進んでいないそうです。なんでも十四人でパーティーを組んでダンジョンに入り始めたそうですが、たった一週間でパーティーは三つに分裂したそうですよ」

この世界の一週間は六日、一カ月は五週間三〇日、一年は一二カ月になる。

それはともかく、あいつら仲間割れしたんだな。

元々全員が協調性のない奴らだった。異世界に来て赤葉《あかば》は父親の後ろ盾がなくなり、さらにジョブを得た取り巻きが赤葉に対抗できるようになったから、空中分解したってところだろう。どーでもいいことだが、本当に何をやっているのかと呆《あき》れるしかない。

「アカバ様をはじめ、元パーティーメンバーの方々はダンジョン探索が進まず、荒れているとか。おかげでうちの王都本店にやってきて魔剣を出せと言う始末です」

勇者ならスキル・聖剣召喚が使えるんじゃないか。勇者の名を騙《かた》る他の奴かもしれないけどさ……多分あいつらだよな。

「ダンジョン探索が進んでないというと？」

「アカバ様のパーティーは、ダンジョン探索を始めてすぐに三階層まで到達したようですが、今も三階層止まりだとか」

三階層でくすぶっているわけか。あいつらの性格じゃあ、苛立《いらだ》っているだろうな。

「アカバ様のパーティーとアカバ様から独立した二つのパーティーのほうは酷《ひど》い状況のようですが、もう一人の勇者様が率いるパーティーは順調らしいですよ。そちらのパーティーはしっかり訓練を積んでからダンジョンに入ったようで、今は五階層を探索しているとか」

赤葉の取り巻きじゃなかった奴らの集まりだな。あいつらは俺が赤葉たちに暴力を受けていても止めようともしなかった。俺もあいつらに頼ろうとは思っていなかったから構わないが、だからといって応援する気はない。

「そうそう。生産系ジョブの方々は素晴らしい成長を見せているとか。熟練とまではいかないものの、最近は良いものを作っておいでのようです」

たしか生産系ジョブだったのは、六人だったか。誰が戦闘系ジョブで誰が生産系ジョブか知らないが、せいぜいがんばってくれ。俺は応援しないが、お前らが活躍することをこの国の人たちは願っているはずだ。

そういえば、彼女もこっちに来ているんだろうな。厳島《いつくしま》さんだけは俺を気遣ってくれた。彼女には無事に過ごしてもらいたい。あとの奴らはどーでもいい。

「面白い話を聞かせてもらいました。ありがとうございます」

「いえいえ。こんな噂話ならどこでも聞けますから」

ガンダルバンたちのほうも買い物が終わったようだからお暇《いとま》する。

色々あったから、全部買ったらしい。兵士四人で担げる量は持ち帰り、あとはゴルテオ商会が屋敷まで届けてくれることになっているようだ。

アイテムボックスを使えば全部持ち帰れるけど、さすがにここでは使えないからね。

「今日はありがとうございました。また戦功をお立てになり、本当におめでとうございます」

店を出る際にゴルテオさんに丁寧に送り出してもらった。また買いに来ますから、よろしくです。

屋敷に帰って、さっそく下級茨精霊の能力検証を始める。

「これらの種を蒔《ま》けばいいのか？」

庭の空いているとこに、種を蒔けと下級茨精霊はジャスチャーで伝えてくる。

豆の一種だと思う種を二十粒ほど手に取って等間隔に土に埋めようとしたら、下級茨精霊はばら撒《ま》けばいいと伝えてきた。

「本当にばら撒けばいいのか？」

ふよふよ上下する。

「ご主人様。私が」

アンネリーセがやると言うので頼んだ。

綺麗《きれい》な所作で種を蒔くアンネリーセ。何をやっても絵になるね。

「よし。下級茨精霊。豆を成長させてくれ」

上下して了承の意を表現。

種を蒔いた辺りの上をひゅーっと飛び回ると、鱗粉《りんぷん》のような光の粉が地面に落ちていく。それは種に纏《まと》わりつくようにコーティングした。

ん？　これは……俺の中から何かが抜けていく感覚がしたからステータスを確認すると、魔力が減っていくのが分かった。

どうやら植物を成長させるのには、俺の魔力を消費するようだ。

地面に落ちている種から芽が出てきて、どんどん大きく育っていく。根は地面に刺さって伸びているようだ。

「おおお」

「凄いです」

ニョキニョキと大きくなって、青々とした葉をつけ、さらに枯れていく。

「ゴゴップです」

ゴゴップという豆らしい。大豆に似ているが、大豆よりちょっと小ぶりの豆だ。

二十粒ほどの種を成長させたが、消費魔力量は大したことない。これなら十倍でも問題なく成長させられる。この屋敷の食料なら軽く賄えそうだ。

「収穫します」

アンネリーセが腕まくりして、農機具を持つ。

「どうやるんだ？」

自慢ではないが、俺は都会っ子だ。農業なんてテレビで田植えをしているところを見たことがあるくらいだ。

「私にお任せください。幼い時は両親の手伝いで農作業をしていましたから」

元村人のアンネリーセの親は農家らしい。手際よくゴゴップを収穫していく。

しかしこんな寒い日に、耕してもない地面からゴゴップが収穫できるのか。食料チートだな、こ

れ。

「ゴゴップはこんな冬に収穫できるのか？」

「だいたい九の月の後半から十の月にかけて収穫できたはずです。冬に収穫できる豆類は少ないですよ」

俺の常識と同じだ。普通はできないことも、精霊の力があればできるわけか。しかも下級精霊でさえこれだけのことができるのだから、中級や上級になったらどうなるのか？


メインジョブをエンチャンターにしサブジョブを暗殺者にしている俺の魔力は四六〇ポイントあるが、今回の二十粒の種からゴゴップを収穫するまでに二〇ポイントしか消費してない。

一粒の種から数十、数百のゴゴップが収穫できるが、一粒を育てるための消費魔力はたったの一ポイントということになる。しかも種を蒔いてすぐに収穫できるのだから、精霊の力は本当に素晴らしい。

ガンダルバンとアンネリーセが説教するだけのことはあるということか。二人が言うように、人前で見せるものではないな。

「てか、下級茨精霊じゃあ言いにくいな。名前つけていいか？」

いいらしい。

「それじゃあローズで」

イバラもバラというくらいだから、ローズでいいよな。

なんか嬉しそうに大きく動いている。気に入ってくれたようだ。よかった、よかった。

転生六十一日目。今日はダンジョンの七階層を探索。ダンジョンに入ってすぐダンジョンムーヴで七階層に移動。

俺たちは一瞬で移動できるが、普通の探索者は往復で何日もかかる。一度ボスを倒した人が一人でもいると、ボス部屋をショートカットして次の階層に抜けることができるらしいが、それも俺たちには必要ない。

「おおお、七階層はトカゲか」

詳細鑑定で見ると、ファイアリザード・レベル二四とあった。体長は三メートルほどで、赤い皮。口からは火が漏れている。しかも六本足。

「ローズはあれを倒せるか?」

横にふるふる動く。どうやら無理のようだ。レベルが足りないか。

「ん、火は嫌い? なるほど、植物だもんな」

ちゃんと自己主張ができるローズはお利巧《りこう》だ。もし中級精霊、上級精霊になったら喋《しゃべ》ることができるのだろうか?

そもそも精霊は成長するのか? そういった検証も行いつつダンジョン探索をしよう。

ローズを自身が嫌がる相手と戦わせるのは可哀想《かわいそう》だから、普通にボッコにするか。

「ロザリナは素手だから、気をつけるんだぞ」

「はいなのです」

ミスリルの両手剣を構える。

「アンネリーセの魔法で先制攻撃。次いでガンダルバンのアンガーロック。あとはいつものようにボコボコにする。火を吐くから注意しろよ」

全員が頷《うなず》く。

「いきます。マナスラッシュ」

火属性のファイアリザードに、火魔法は効果が期待できない。それを考えて無属性のマナスラッシュを放った。

マナスラッシュはファイアリザードに命中し、怒ったファイアリザードが六本の足を駆使して駆けてくる。

なんか足の動きが面白い。平行に動くのではなく、前の四本と後ろの二本が逆の動きをしている。

ファイアリザードが口を開けた。いきなりブレスか!?

「アンガーロックッ」

ゴォオオッ。

兵士たちはガンダルバンの後方でブレスをやり過ごすが、一人だけ槍《やり》を棒高跳びのように使ってガンダルバンとファイアリザードを飛び越えた。

彼女はネコ獣人のリン。非力だが身軽なところがある女性兵士だ。

リンと同様にロザリナもジャンプでブレスを躱《かわ》していた。

二人は無防備な後方から攻撃を仕掛ける。

ガンダルバンと三人の兵士は、盾でブレスを防いだといっても完全に防げたわけではない。

「ヒール」

ガンダルバンと三人の兵士の生命力が回復する。これは転生勇者のスキル・聖魔法だ。

今日の俺はメインジョブがエンチャンターで、サブジョブが転生勇者。転生勇者は育てるつもりはなかったが、悪魔なんてものがいることを知った以上、転生勇者のレベルは上げておくべきだ。

外では転生勇者なんて地雷でしかないが、ダンジョン内なら鑑定持ちは滅多にいないから大丈夫なはず。

「セイントアタック」

ドガーンッ。パリンッ。

「あ……倒しちゃった……」

ステータスポイントが一二〇以上溜まっていたから、知力に全振りしてみたら魔法鬼強《おにつよ》だった。

「ご当主様。今のはなんでしょうか？」

「聖属性の攻撃」

転生勇者の聖魔法（低）で覚えた魔法だ。

「ジョジョクたちの訓練のためにも、もう少し控えてください」

ガンダルバンが諦め顔。すまん。

ステータスポイントを知力に全振りすると、魔法攻撃力が六〇〇超えになる。ガンダルバンの剛腕騎士は装備とスキル込みで物理攻撃力が二〇〇ないくらい。実に三倍の攻撃力！

しかもセイントアタックの消費魔力はたったの五ポイント。なんて燃費がいいんだ！

「ドロップアイテムは火の魔石のようです」

ロザリナが拾ってきた魔石を見て、アンネリーセが火の魔石だと言う。

魔石は赤く、見た感じが火属性っぽい。詳細鑑定でも火のEランク魔石と出た。

属性魔石は普通の魔石よりも高額で取り引きされているらしい。換金額が良いから、嬉しいよ。

「ご主人様。今ガンダルバン様が仰りましたが、本当に自制してくださいね」

「お、おう。分かっているよ」

アンネリーセにも釘《くぎ》を刺されてしまった。


次は水色のトカゲが出てきた。アクアリザード・レベル二四だ。色違いで口から水が垂れている。

涎《よだれ》じゃないよな？

「あいつは大丈夫か？」

ローズが大丈夫とジェスチャーする。

「それじゃあ、あいつの口を塞《ふさ》ぐことはできる？」

大丈夫だそうだ。

「アンネリーセ」

「はい。マナスラッシュ」

先ほどと同じようにアンネリーセの魔法で開戦。

ガンダルバンのアンガーロック。

ロザリナ、ジョジョク、バース、リン、ソリディアが躍りかかる。

「エンチャント・アイス」

ロザリナにエンチャント・アイスをかける。ステータスポイントはリセットしているから、普通のダメージだ。それでもサブジョブに転生勇者がセットされているから、エンチャンターだけの時よりはダメージが出る。

「せいっ」

リザードマン剣士のジョジョクが良い一撃を与えた。

嫌がったアクアリザードが身をよじり、丸太のように太い尻尾がロザリナに当たりそうになったが、ロザリナは何事もなかったかのように避《よ》けた。

「パワーアタックッ」

ガンダルバンのスキル・パワーアタックは、物理攻撃力三倍だから強力だ。

「［スラッシュ］」

剣士のジョジョクとバースのスキル。こっちも物理攻撃力三倍。

「［三連突き］」

槍士《やりし》のリンとソリディアのスキル。これは物理攻撃力三・五倍だ。

どのスキルも熟練度が（中）になると、高い攻撃力を誇る。しかし剣士と槍士は、ガンダルバンの強腕騎士より物理攻撃力値が低い。

ガンダルバンは鋼鉄の片手剣、剣士と槍士は両手武器だけど、それでも物理攻撃力はガンダルバンのほうが高い。同じ物理攻撃力三倍や物理攻撃力三・五倍でもガンダルバンのほうがダメージが出てしまうのだ。

「ラッシュなのです」

物理攻撃力値＋三〇ポイントと手数が三倍になるロザリナのスキル。

「マナスラッシュ」

アンネリーセの無魔法がとどめになって、アクアリザードは消滅した。

今回はブレスもなく、簡単に終わってしまった。ローズがアクアリザードの口を塞いでいたからだ。

火属性じゃなければ、ブレス封じとして便利に使えそうだ。

しかし俺は一回も攻撃してない。攻撃させないようにしたのか？　そうなのか？　嫌がらせなのか？

ドロップアイテムは水のEランク魔石だった。

今度は緑色のトカゲ。エアロリザード・レベル二五だ。なんかヒューヒュー言ってるぞ。喘息《ぜんそく》か？

「ファイアストーム」

炎の竜巻がエアロリザードを包み込み焼く。

怒ったエアロリザードが猛突進。

「アンガーロック」

敵対心がガンダルバンに向き、エアロリザードが口を開く。その口に茨が巻きつき、塞ぐ。しかも茨の棘がエアロリザードの硬い皮に食い込んで地味に痛そう。

「ブレスを防いだ。一気に畳みかけろ」

俺もセイントアタックで攻撃。今回は先ほどのようなことはなく、瞬殺しない。そう思っていたら、エアロリザードの動きがピタリと止まった。

「どうした？」

エアロリザードが消滅。

「どうやら石化したようです」

アンネリーセの言葉で思い出した。

「ガーゴイルバスターの効果か」

二人の剣士、ジョジョクとバースはガーゴイルバスターを装備している。タイミング的にジョジョクの攻撃で石化が発動したようだ。

「石化が発動すると、動かなくなって消滅するんだな」

「そのようですね」

ロザリナが拾ってきたドロップアイテムは、風のEランク魔石だった。こうなると次は土が出てくるかな。

はい、やってきましたサンドリザード・レベル二五です。土じゃなく砂でしたね。体色は黄色っぽく、口からさらさらと砂が零《こぼ》れている。砂を落としているのに、この周辺に砂は見当たらない。ダンジョンの七不思議だよね。

こいつもタコ殴り。ブレスはローズが防いでくれる。結構順調。考えたら俺以外はレベル二八ばかりだった。属性リザードが弱いのではなく、俺たちが強くなったのだ。

ドロップアイテムはなぜか土のEランク魔石。砂じゃなく土だ。違和感あるんですけど。

今回はガーゴイルバスターの石化は発動しなかった。ファイアリザードとアクアリザードの時も発動してないから、レジストされているのかもしれない。特にサンドリザードは石化に耐性がありそうな属性だしな。

俺たちは順調に七階層を進んだ。ファイアリザードはローズが苦手だから、口を塞いでブレスを防げない。代わりに知力マシマシで全力セイントアタックで瞬殺するか、アイテムボックスホイホイで対処。

アイテムボックスホイホイを久しぶりに使ったけど、ブレスはどんな属性でも回収できた。あとは皆に活躍してもらって、危なげなく進めている。

二十体ほど倒したところで、スキル・宝探しに反応があった。

移動時はサブジョブを探索者にしていてよかった。

「あっちだ」

あったぞ、宝箱だ。今回は隠し通路はなく、普通に宝箱を発見できた。

トレジャーボックスモンスターの可能性があるから詳細鑑定で見たら、普通の宝箱だった。ただし罠《わな》ありだ。

「罠があるな。ちょっと待ってくれ」

メインジョブを暗殺者に変更し、スキル・罠で宝箱の罠を解除。

「よし、これでいいぞ」

「何が入っているのでしょうか。わくわくなのです」

「ロザリナが開けてみるか？」

「いいのなのですか？」

「ああ、もう罠もないから構わないぞ」

嬉しそうにお礼を言うロザリナに、宝箱を開けさせてやる。その笑顔が俺には宝物だよ。

「ご主人様。本が入っているのです」

「本……？」

「「「「おおおっ」」」」

宝箱を覗《のぞ》き込むと、魔導書が鎮座していた。

魔導書に当たるとは運がいい。

問題はこれを誰が使うかだ。屋敷に帰ってからゆっくり考えるとして、アイテムボックスに収納。

さらに数十体のリザードを倒しながら、俺たちは七階層のボス部屋へと至った。もちろんボスを倒すつもりだ。

休憩している間に、全員のステータスを確認した。

全員のレベルが上がって、レベル三一になっている。俺もエンチャンターがレベル二九になり、転生勇者のレベルは二六まで上がっている。

七階層のボスは白いトカゲだ。今までのリザードよりも大きく、五メートルくらいあるだろう。ライトリザード・レベル三五。光のトカゲ。こいつの吐くブレスは光のレーザーっぽい。コロ●ーレーザーか!? あれは光らせたらダメなんだぞ! そんなことを思いつつ、皆に指示。

「対応は今まで通りだ。ローズも頼んだぞ」

ふわふわと了承するローズ。

「よし、行け!」

「「「「応!」」」」

「はいなのです!」

「ファイアストーム!」

アンネリーセの魔法で開戦。それぞれが、それぞれの役目を果たす。

ガンダルバンはアンガーロックでライトリザードの敵対心を固定し、ロザリナと兵士たちは力の限り攻撃する。

俺もセイントクロスを発動。これは聖魔法の熟練度が（中）になって使えるようになった攻撃魔法だ。

光の十字がライトリザードに吸い込まれ、爆発する。光属性のライトリザードに、光の十字攻撃は効くのだろうかと心配だったが、属性が聖だから効いたようだ。

ライトリザードが口を開け、ブレスの予備動作を行った。

何もない空中から茨が出てきてライトリザードの口から顔全体に巻きついていく。茨の棘が細かい鱗《うろこ》を突き抜けて刺さり、ライトリザードの血が垂れる。

ローズはレベルアップしてレベル二九になっているから、茨の威力がかなり上がってきた。茨で口を塞がれ、ブレスを吐けないライトリザードは巨体を駆使して暴れまくった。ある意味、全体攻撃の暴れ方だ。

ガーゴイルバスターの石化は発動しない。ボスには効かないのか、レジストされているかのどちらかだろう。

ボスだけあってライトリザードは物理防御力や魔法防御力、それに生命力が高い。苦戦しているように見えるが、ガンダルバンが安定しているから危なげなく戦えている。

「集中を切らすな、あと半分だぞ」

俺はライトリザードの生命力とガンダルバンの生命力を管理しながら、ガンダルバンを回復しつつセイントアタックとセイントクロスでチクチク攻撃。

前衛たちもそうだが、後衛の俺とアンネリーセもちゃんと働いている。

ダメージとしてはアンネリーセの魔法が一番削っている。俺も魔法で攻撃しているが、全体を見ながら指示しているしガンダルバンの生命力管理もしているからダメージはそこまで多くない。

「唸《うな》れ、ヴァイオレンスアタックッ！」

ガンダルバンが剛腕騎士レベル三〇で覚えたスキル・ヴァイオレンスアタック。攻撃を受けたら受けただけ物理攻撃力値が上昇するスキルだ。

今のガンダルバンのレベルだと、十五発も被弾したら物理攻撃力三倍のパワーアタックよりも物理攻撃力値が高くなる。おかげでライトリザードの生命力が大きく減った。

「「「はっ！」」」

ジョジョク、バース、リン、ソリディアもスキルを発動。

「ラッシュなのです」

ロザリナも鉄拳、蹴撃《しゅうげき》、ラッシュを発動させて、畳みかけた。

「あと少しだ」

「ブースター。多重魔法。マナストライク。ファイアストーム」

アンネリーセもスキルを重ねがけする。

ブースターは魔法威力を二倍にするスキル。レベル二五で覚えたものだ。

多重魔法は二つの魔法を同時に発動できるスキル。レベル三〇で覚えている。

二つの魔法を同時に発動させ、さらに威力が二倍になる。魔法の派手なエフェクトがライトリザードを包み込んだ。

苦しんだライトリザードが後ろ足立ちになって、ドスンッと倒れて消滅した。どうやら倒したようだ。

「皆、怪我《けが》してないか？」

「問題ありません」

血を流す怪我をしていると、継続的に生命力が減っていく。誰も怪我していないことを確認し、改めて皆を労《ねぎら》う。

「ご主人様。これがありましたのです」

「槍？」

槍の穂先の部分が光っている。うす暗いダンジョン内では照明代わりにいいかも。

詳細鑑定したら、ライトランスだと分かった。ライトリザードのノーマルドロップだ。

「「あっ!?」」

ライトランスの詳細を読んでいると、ジョジョクとリンが声を出した。なんだと思ったら、二人がうっすらと光った。

「これは……種族進化？」

ロザリナの時に似ているが、光の量が少ない。

光はすぐに収まり、二人の容姿は変わっていない。考えたら、俺がハイヒューマンになった時は光らなかったし、容姿も変わっていない。

種族によって進化時のエフェクトに違いがあるのだろうか？

「ジョブが進化したようです」

渋めの声でジョジョクが言う。

「私も進化したみたいです」

リンは女の子独特の高い声。

しかし種族ではなくジョブのほうが進化か。どれどれ……。

おおお、本当だ。ジョブが進化しているぞ。

ジョジョクは剣士からソードマスターに、リンは槍士から槍聖《そうせい》に進化だ。

レベルは引き継いでいて、能力が大幅にアップ。スキルも増えて戦闘力を上げている。

皆の能力を比較すると分かりやすいと思う。

〈ジョジョク・ソードマスター　レベル三二〉
生命力＝二〇一
魔力＝一〇二
腕力＝三七
体力＝三〇
俊敏＝二八
知力＝一七

精神力＝一七
器用＝二五
物理攻撃力＝一一一
物理防御力＝九〇
魔法攻撃力＝五一
魔法防御力＝五一

〈バース・剣士　レベル三二〉
生命力＝一五九
魔力＝九六
腕力＝二八
体力＝二五
俊敏＝二四
知力＝一六
精神力＝一六
器用＝二一
物理攻撃力＝八四

物理防御力＝七五
魔法攻撃力＝四八
魔法防御力＝四八

〈リン・槍聖　レベル三二〉
生命力＝一七七
魔力＝一〇五
腕力＝三三
体力＝二六
俊敏＝三〇
知力＝一七
精神力＝一八
器用＝二五
物理攻撃力＝九九
物理防御力＝七八
魔法攻撃力＝五一
魔法防御力＝五四

〈ソリディア・槍士　レベル三二〉
生命力＝一四七
魔力＝一一一
腕力＝二六
体力＝二三
俊敏＝二四
知力＝一九
精神力＝一八
器用＝二〇
物理攻撃力＝七八
物理防御力＝六九
魔法攻撃力＝五七
魔法防御力＝五四

装備とスキルなしの状態の能力値でこれだけの差になるが、ガンダルバンはもっと能力が高い。

〈ガンダルバン・剛腕騎士　レベル三二〉
生命力＝二八五
魔力＝一四一
腕力＝四七
体力＝四八
俊敏＝二四
知力＝一二
精神力＝三五
器用＝二四
物理攻撃力＝一四一
物理防御力＝一四四
魔法攻撃力＝三六
魔法防御力＝一〇五

ガンダルバンは十代の時に騎士から剛腕騎士に進化したから、ジョジョクやリンよりも能力が高いのだろう。

ジョブが進化するメカニズムは解明されておらず、詳細鑑定でも教えてはくれない。それが分かったら、最強軍団が作れそうだ。

また、ロザリナが種族進化した時は村人からバトルマスターに自動で転職して、レベルがリセットされていた。今回はジョブが進化したためか、レベルは引き継がれている。

今回の探索でアンネリーセとロザリナはレベル三二になっている。俺はエンチャンターがレベル三〇、転生勇者はレベル二六だ。

ボス戦をしていたらいい時間になったから、ダンジョンから出て探索者ギルドに向かった。最近は盗賊もうろついていないから、町中の治安は少し良くなったと思う。

「換金を頼む」

ギルドのカウンターでドロップアイテムを出す。

火、水、風、土のEランク魔石はどれも一個二万五〇〇〇グリル。四七個で一一七万五〇〇〇グリル。

レアドロップは火の宝魔石《ほうませき》と風の宝魔石が二個ずつ、水の宝魔石と土の宝魔石が一個ずつで、宝魔石はどれも一個二五万グリルだから一五〇万グリルになった。

合計で二六七万五〇〇〇グリル。

ボスのライトリザードからドロップしたライトトランスは、使うつもりだから売らずに持っておく。

しかし一日で二六七万五〇〇〇グリル（二六七五万円相当）の稼ぎになるとはな。八人で均等割りしても、三三四万円以上。七階層は狩場としておいしい。しかも魔石と宝魔石はあまり大きくないから持ち運びも楽だ。

ここで気づいたが、これまでの稼ぎを皆に分けてなかった。分配しよう。

「お待ちください」

皆に均等に配分しようとしたが、アンネリーセに止められた。

「ご主人様の考えは素晴らしいですが、ガンダルバン様をはじめ皆さんには毎月給金を支払う契約です。ダンジョンに入った時は危険手当を増やす程度でいいのです」

均等分配したらダメとやんわり諫《いさ》められた。ガンダルバンたちは仲間ではなく配下だからだそうだ。

そんなわけで、ガンダルバンには五パーセント、兵士たちには三パーセントを危険手当として配分することになった。

「アンネリーセとロザリナも三パーセントでいいかな」

「奴隷に給金を与える方はいません」

「な、なるほど……」

ビシッと断られてしまう。いつもは微笑《ほほえ》みながら応援してくれるアンネリーセだけど、こういうところはシビアだ。

「それじゃあ、これはお小遣いね」

「……ご主人様の優しさに感謝を」

「ありがとうなのです」

収入の八割を俺がもらうのって、気が引けるんだよ。少しでもそれを分散させたいわけ。

さて、魔石は属性を表す鈍い色をしているが、宝魔石は宝石のように綺麗な色をしている。実際に金持ちが宝石として使っているらしく、お値段はそれなりに高額だった。

魔石のほうは親指の先くらいの大きさで、宝魔石は小指の先くらいの大きさ。それでも内包されている魔力は段違いに宝魔石のほうが多いらしい。

綺麗《きれい》だから俺も指輪にしてアンネリーセに贈ろうかな。きっとアンネリーセならどんな色の宝魔石でも似合うと思うんだ。

Side エルメルダ王女

勇者たちを労《ねぎら》うパーティーを開きましたが、戦闘系ジョブを持つ方々の表情は二極化しています。

シンジ＝アカバは剣士の方と二人だけのパーティーを組んでいますが、その剣士は目の周りや頬《ほお》が窪《くぼ》み、病人のような顔をしています。シンジ＝アカバが無茶なことを言って剣士を困らせているのでしょう。

剣士をそろそろ救済しなければいけませんね。それによってシンジ＝アカバは孤立してしまうでしょうが、それは彼自身の招いたことです。受け入れてもらうしかないでしょう。

嵐の勇者ハヤテ＝ウチダは五人パーティー、黄金の勇者サダオ＝ツチイは七人パーティーですから シンジ＝アカバのパーティーよりは安定しているようです。それでもパーティーメンバーからギスギスした雰囲気が感じられます。

これら問題がある勇者のパーティーと違い、青海《せいかい》の勇者イツキ＝ミズサワのパーティーは順調にダンジョン探索が進んでいます。

十四人のパーティーで、荷物の運搬も話し合いで決めているようです。おそらく先の三勇者のパーティーの状況を見て、反面教師にしているのでしょう。

問題の三勇者パーティーには、期待が持てません。騎士団長や魔法師団長も色々手を尽くしているのですが、彼らは我が強くわたくしたちの言葉に耳を傾けてくださらないのです。

探索の成果でも差が出ていて、シンジ＝アカバのパーティーは二階層、ハヤテ＝ウチダとサダオ＝ツチイのパーティーは三階層、イツキ＝ミズサワのパーティーは五階層を主に探索しています。

しかもイツキ＝ミズサワのパーティーは次で五階層のボスに挑戦すると聞いています。

問題の三勇者パーティーはダンジョン探索を始めて二カ月ほどになりますが、イツキ＝ミズサワのパーティーはまだ一カ月です。訓練をしっかり積んで、準備をした人とそうじゃない人の差がありありと表れています。

「シンジ＝アカバのパーティーメンバーの剣士が心配です。しばらく休養させるように取り計らってください」

「承知しました」

騎士団長にそう指示してわたくしはパーティー会場を後にしました。問題児たちのおかげで、苦情が色々来ていて対処しなければいけません。困ったものです。

ある日のこと、廊下を歩いているとシンジ＝アカバがわたくしを呼び止めました。

呼び止めるのは構わないのですが、わたくしを呼び捨てにするのは止《や》めていただきたい。これでもわたくし、王女ですから。

「なんでしょうか、シンジ＝アカバ殿」

「タケヒコの野郎を休養だとか言って、オッサンが連れていった。俺はこれからダンジョンに行くんだ、タケヒコを返せよ」

シンジ＝アカバがこのことで文句を言ってくるのは分かっていました。

「彼には休養が必要だと判断しました。ダンジョン探索はしばらくお休みください」

「休養っていつまでだよ？」

「それは状況を見て判断します。当面は安静が必要です」

「つざけんなよっ。そんなんじゃ、ダンジョンに入れねぇじゃねぇか」

シンジ＝アカバは床に唾を吐き、大声で怒鳴り散らしました。これまでこうやって喚《わめ》いていたら、自分の思い通りになったのでしょう。しかし国を動かすわたくしに恫喝《どうかつ》は効果がありませんよ。そういったことは、いくらでも経験していますから。

「だったら代わりを用意しろよ」

「シンジ＝アカバ殿とパーティーを組みたいという者はおりません。ご自分の行動の結果です。少しは改めてはどうかしら」

「俺が何をしようが、俺の勝手だ」

「タケヒコ＝オオバ殿を巻き込むのはお止めなさい。また、シンジ＝アカバ殿への苦情が多く来ています。今のまま言動を改めることをしなければ、いずれ牢《ろう》の中で暮らすことになりますよ」

「けっ、説教なら他でやれ」

シンジ＝アカバはわたくしに背中を向けて、肩を怒らせて歩いていきました。彼は言動を改めそうにありません。困ったものです。


「エルメルダ様。ガルドランド公爵閣下より火急の報告が届きましてございます」

わたくしが執務室に入ると、文官が封書を差し出してきました。

ガルドランド公爵家は王家に連なる名家。その影響力は王家にも匹敵するほどです。勇者召喚を行うのを反対されていましたので、今の勇者の噂《うわさ》を聞きつけて何か言ってきたのでしょうか。

憂鬱《ゆううつ》な気持ちで封書を開け、手紙を読みます。

「っ!?」

わたくしは思わず目を見開き、奥歯を噛《か》んでしまいました。

「直ちに騎士団長と魔法師団長、各大臣を招集してください」

「は、はいっ」

手紙には悪魔が現れ、撃退したが行方は不明とありました。悪魔は聖属性を持った者にしか倒せません。それこそ勇者や聖騎士などの聖属性のジョブが必要なのです。

父が病に倒れている時に……弟はまだ十歳。責任を負わすには若すぎます。ここはわたくしが踏ん張らないといけません。


騎士団長、魔法師団長、そして各大臣が集まり、ケルニッフィに悪魔が現れたことを話しました。

「悪魔を倒せていないにしても、撃退できたのはさすがガルドランド公爵家ですな。おそらくバルカン殿が撃退したのでしょう」

騎士団長が腕を組んでそう言いました。

「バルカン殿ではありません。最近ガルドランド公爵が名誉男爵に取り立てた方が悪魔を撃退されたそうです」

公爵からの手紙を騎士団長に渡します。

「まさかバルカン殿以外に悪魔を撃退できる者がいるとは……」

騎士団長が噛みしめるように呟《つぶや》きます。

王家に仕える者の中に、悪魔を退けることができる強者《つわもの》が何名いることでしょう。騎士団長と魔法師団長はバルカン殿と同等の強さを持っていますが、あとはこの二人には劣る者が数名でしょうか。総勢で十人もいないでしょう。

本当でしたら勇者たちの名を挙げるのですが、彼らはまだレベルが低い。それに期待できるのはイツキ＝ミズサワ殿とそのパーティーの数名のみ。

今は成長に期待するしかない状況ですが、いつどこに悪魔が現れるか分からないのが嫌ですね。悪魔に備えるにしても、地方で現れられたら町が壊滅するかもしれません。


手紙は騎士団長から魔法師団長、そして各大臣へと回ります。

「公爵家から各貴族へ警戒を促しておりますが、王家としても積極的に警戒を促すべきでしょう」

「魔法師団長の仰《おつしや》る通りです。これは王家が主導する案件にございます」

大臣たちが手分けして各貴族家に、悪魔が現れたと警戒を促すことになりました。

「このフットシックルなる名誉男爵について、もう少し情報を集めましょう」

「いっそのこと、王都に呼んではいかがでしょうか？」

「名誉男爵を王都に呼べば、公爵殿が不機嫌になりましょう」

「そこは褒美を与えるとでも言えば、断ることはしないでしょう」

そうですね。その名誉男爵を王都に呼び、褒美を与えましょう。

「褒美は何がいいでしょうか？」

「爵位では公爵が良い顔をしないでしょうから、金銭か魔剣のようなものではいかがでしょうか」

「魔剣を与えましょう。宝物庫にいくつかあったでしょう」

「悪魔を退治したならともかく、撃退ですから宝剣を与える必要はございません。町で売っているもので、良いものを見繕って与えればよろしいでしょう」

「分かりました。それについては財務大臣に任せます」

「承知しました」

あとはそのフットシックル名誉男爵なる人物の情報を集めるよう指示し、会議は終了です。

六章　転職会議

テーブルの上には、メロン、リンゴ、シャインマスカット、巨峰、ナシ、モモに似た果物がドーンッと籠《かご》に盛られている。この世界の名前があるけど、俺としてはこの名前のほうがしっくりくる。

これらの果実は、種を購入してローズに育ててもらったものだ。小麦やトウモロコシのような穀物から胡椒《こしょう》などの香辛料、そしてここにあるような果物まで植物ならなんでも育てられるのがローズだ。その分、俺の魔力が吸い取られるわけだが、大量に育てなければ大した消費量じゃない。

ローズのおかげで急速に食事事情が良くなっていく。種や苗などがあれば、いくらでも育てられるのがいいよね。

俺は好き嫌いがないから元々食事に大きな不満はなかったけど、それでも食事が豊かになるのは嬉《うれ》しい。

それと「食べられる」と「美味《おい》しい」は別なんだよね。決して不味《まず》くはないけど、この世界の料理って味気ないものが多いんだ。バーガンだって日本の醤油《しょうゆ》に比べれば、数段味が落ちるからね。

米が手に入ったら、カレーライスが食いたいな。ナンも悪くないけど、やっぱりカレーはライスだよね。この世界に米はあるのだろうか？　あったらいいなー。

「こんな真冬にこれだけの果実を目にするとは……」

俺の後ろで佇《たたず》むモンダルクの呟《つぶや》きが聞こえてくる。その横で果物を切り分けるモンダルクの妻のメルリスも驚きを隠しきれていない。

七階層のボスを倒してから帰ってきたんだが、今日は色々話し合うことがある。食事を全員で摂《と》り、食後のデザートタイム。ここからが話し合いの時間だ。

俺がお誕生日席、その左側にアンネリーセとロザリナ、右側にガンダルバン、ジョジョク、リン、バース、ソリディア。

ローズは俺の周囲を楽しそうに飛んでいる。今は俺にしか見えないようだ。

モンダルクとメルリスが果物を取り分けて、全員に配り終わる。

八分の一にカットされ、さらに五つに切り分けられたメロンの一切れにフォークを刺して口に持っていく。瑞々《みずみず》しくて甘くてとても美味しい。これは日本でも高級品の部類のメロンだ。

俺が食べたのを確認してから皆も食べ始める。美味しいだろ？　俺は果物全般が好きだけど、中でもメロンが大好きだ。この世界でメロンが食べられるとは思っていなかったから、感謝感激だよ。

「今日はご苦労様。皆に怪我《けが》がなくてよかった」

皆の顔がほころぶ。

「こうして話し合いの場を持った理由は分かっていると思う」

「魔導書のことですな」

ガンダルバンが真面目くさった顔になった。

「そう、魔導書だ。一般の探索者だと、リーダーか一番活躍した人が使うらしい。それで間違いないか？」

「はい。その通りです」

ガンダルバンが頷《うなず》き、皆も頷いた。

モモを口に放り込む。これも瑞々しく甘い。モモは食べた後に甘い香りが鼻に抜けるのが好きだ。

「だけど、それでは戦力向上にならない。俺は全体の戦力向上を考えて、魔導書を使ってもらおうと思っている」

「我らはご当主様に仕えております。探索者のルールに当て嵌《は》めるにしても、リーダーはご当主様であり、一番活躍しているのもご当主様です。我らはご当主様の決定に従います」

ガンダルバンは堅いね。そういうの嫌いじゃないけど、自己主張はしてほしい。

シャインマスカットも美味しい。スッキリとした甘さがいい。

「今回は命令するつもりはない。意見が聞けたらと思っている」

俺の案は固まっているけど、皆の考えも聞きたいんだ。

巨峰の濃厚な甘さもいい。毎日食べたら飽きるけど、それでも毎日食べたいくらいの美味しさだ。

俺とアンネリーセはすでに魔導書を使っているから除外する。魔導書は二回使っても意味がないらしいからだ。ロザリナもバトルマスターが気に入っているから除外。

ガンダルバンが魔導書を使ったら明らかに戦力低下になるし、タンクがいなくなるのは戦力ダウン以上にダメージが大きい。

ジョブがソードマスターと槍聖《そうせい》に進化したジョジョクとリンに魔導書を使わせるのか？　そんな

わけない。せっかく上位ジョブに進化している二人をわざわざ魔法使いにするのは戦力ダウンだ。彼らが望むなら考えるが、そうじゃなければ論外だ。

「ガンダルバン、ジョジョク、リンの三人は除外する」

名指しした三人が頷いた。

「せっかく上位ジョブに進化したのに、わざわざ魔法使いになる必要はないだろう」

上位ジョブに進化したのに、今までの戦い方を変えてまで魔法使いになりたいとは思ってないはずだ。

残るは剣士のバースと槍士《やりし》のソリディアだ。この二人のどちらかに魔導書を使わせるのが最も戦力向上に繋《つな》がる。

では、どちらがより戦力向上になるか。それは二人の能力値を比較すれば答えが出る。

見るべき能力は知力と精神力だ。この二つの能力が少しでも高いほうが魔法使いに向いている。

魔力や魔法攻撃力、魔法防御力は、知力と精神力の二つの能力に依存すると俺は考えている。実際、知力と精神力が高いとこの三つの能力が高い傾向にある。

こういったことを踏まえて考えると、対象はソリディアになる。

リンゴの酸味がいい感じだ。甘さを引き出す酸味だね。

「残るは二人だが、俺の意見を言う前に皆の意見を聞きたい。もちろん、今除外した三人で魔法使いになりたいという人がいても構わない。ジョジョクはどうだ？」

俺に意見を聞かれたジョジョクが目を見開く。なんで俺？　とでも言いたいようだ。

ナシのシャキシャキ感は食感が楽しめる。それにこれも甘くて美味しい。

「俺はご当主様に従うのみ。バースとソリディアのどちらでも、不満はございません」

意見を言っているようで言ってない。誰かに仕えるということは、こういうことなのか？

一周回ったからメロンに返る。美味《うま》いよなー。ウリ科特有のちょっといがいがする甘さがいいんだよ。

「リンはどうだ？」

俺に名指しされて肩を震わせる。俺そんなに怖くないよな？　そういう反応は傷つくんだけど。

もう一口メロンを頬張《ほおば》る。この甘さは本当に癖になる。

「以前は魔法使いになりたかったけど、今はそんなことないです」

自分は要らないという意思表示かな？　二人のどちらがいいとか……言えないか。角が立ってしまうもんな。

今度スイカの種を探してみよう。ゴルテオさんに頼めば、手に入れてくれるかな。米のことと一緒に聞いておこう。

同列のジョジョクとリンに聞いたのがいけなかった。

「ガンダルバンは？」

「ご当主様の判断に従います」

うん、聞くまでもなかった。このような返答になると分かっていたじゃないか。

モモを食べる。皆も食べなよ。え、俺にいつ話を振られるか分からないから食べられない？　そんなことは気にしなくていいんだぞ。

「それでは、バースはどうだ？」

「ジョジョクとリンのジョブが進化し、俺のジョブは進化しませんでした。この差は何かと考えていました」

「結論は出たのか？」

「いえ、今でも考えています」

……で、魔法使いになりたいの？　これ突っ込んで聞いていいのかな？　とりあえずソリディアの意見を聞こうか。

「ソリディアは？」

「正直に言いますと、魔法使いになりたいという気持ちはあります。ですが、それだと逃げたように思えてしまうのです」

「魔法使いになったらレベルは一になるんだ。逃げることにはならないと、俺は思うぞ」

「……ご当主様にそう言っていただけるのは、とてもありがたいことです」

ソリディアは魔法使いになりたい。そういうことでいいかな。

シャインマスカットを頬張る。シャインマスカットを潰《つぶ》してサイダーと一緒に飲んだら美味しいんだよな。この世界にサイダーはないだろうな……。

「魔導書はソリディアに使ってもらおうと思うけど、バースはそれでいいか？」

バースは魔法使いになりたいと言わなかったが、ソリディアは言った。それにステータスもソリディアのほうが魔法使いに向いている。

「はい。ご当主様に従います」

アイテムボックスから魔導書を取り出して、ガンダルバン経由でソリディアに。

ソリディアは魔導書を受け取って目がうるうる。そんなに大事そうに抱きかかえていないで、使いなよ。

「ソリディア、使ってくれ」

「は、はい。ありがとうございます」

俺に促されて魔導書を開いたソリディア。魔導文字が浮かび上がってソリディアの両の瞳に飛び込んでいった。

ソリディアを詳細鑑定する。よし、転職可能ジョブが増えた……が、なんだこのジョブは？　凄《すご》いな、格好いいじゃないか、羨《うらや》ましいぜ。

「ソリディアとバースは、明日の朝一で神殿に行こう」

「俺もですか？」

実を言うと、魔導書をソリディア推しした理由は、魔法適性の他にもう一つある。それはバースの転職可能ジョブだ。

レベル二八の時に見たけど、その時にそのジョブはなかった。でも今はある。俺は平凡な剣士よりもそっちのほうがいいと思うが、バースはどう思うだろうか？

「そう、バースもだ。俺のユニークスキルのことは知っているな」

「はい。存じております」

兵士になるときに守秘義務の書類にサインしてもらったから、ユニークスキルのことを話している。

「バースも転職できるジョブがあるんだよ」

「それは……どのようなジョブですか？」

「知りたい？」

「教えていただけるのであれば、教えてほしいです」

「明日の楽しみが薄れるぞ、いいのか？」

「……構いません」

つまんない奴だな。でもその気持ちは分かる。

「バースが転職可能なジョブは、冒険者だ」

冒険者は冒険する気持ちを持った者が転職可能になる。バースは冒険心を持っていたようだ。

顧みると、バースは分岐があると進む方向に時々意見を言っていた。そういったことが良かったのかな。

「その冒険者というジョブは、戦闘向きなのでしょうか？」

「戦闘に向かないジョブのように思えるが、全員が戦闘に向かなくてもいいと俺は思う。便利そうなジョブだから、縁の下の力持ちとして活躍できると思うぞ」

少なくとも転職直後の冒険者に、戦闘スキルはない。成長したら分からんけど。

「ご当主様の探索者のようなジョブでしょうか？」

「ジョブ名が違う以上は、何かしらの違いはあるだろう。最初に覚えるスキルは移動ルート、モンスター図鑑、罠《わな》、危機感知だ」

スキル・移動ルートは目的地までの最短ルートを教えてくれるらしい。これだけでもそれなりに便利だけど、熟練度が上がったらもっと便利になるかもだ。

スキル・モンスター図鑑は、モンスターの種族名と自分のレベルと比べた際の強さの指標を知らせてくれるものだ。これは詳細鑑定がある俺がいると下位互換もいいところだけど、鑑定系スキル持ちは少ないからいいスキルだと思う。

スキル・罠は暗殺者のスキルと同じだし、スキル・危機感知も探索者のスキルと同じだ。

総じて便利系スキルが増えていくジョブだと思う。そもそも冒険を前提としたジョブだから、便利なものが多いはずだ。

「………」

バースが考え込んだ。今のまま剣士を続ければ、多少は戦闘の役に立つ。だけど冒険者では戦闘の役に立つか分からない。そこら辺が引っかかっているのかな。

でもさ、これだけ錚々《そうそう》たるジョブのメンバーの中で、剣士はかなり見劣りするよ。剣士では一芸に秀でることはできそうにないけど、冒険者ならそれができる。そういう人材がいたほうが俺も嬉しいんだけどな。

それにしても意外だった。もっと飛びつくかと思ったんだけど。こういうのは、その人その人で価値観が違うから誰もが飛びつくわけではないのかな。

「あの……私のジョブは……」

ソリディアがおずおずと聞いてきた。キツネ耳がピコピコ。それ触っていいかな？

「ご主人様？」

アンネリーセが半眼《はんめ》だ。怖いよ、それ止《や》めて！

「ご、ゴホンッ。知りたいの？」

「できれば……お教えください」

「ソリディアは呪術士だよ。しかもネクロマンサーだ」

「ネクロ……マンサー……？」

ソリディアが呆然《ぼうぜん》とする。そんなに嬉しいか？

ネクロマンサーは屍《しかばね》を使役する呪術士だ。スケルトンやグールなどの屍を操るんだ。格好いいと思わない？　俺、こういうのに憧れちゃうんだけど。エンチャンターもいいけど、ネクロマンサーのほうがもっといい。できるものなら交換してほしいくらいだ。

「ご主人様。ネクロマンサーというのは、どういったジョブなのでしょうか？」

「え、ネクロマンサーを知らない？」

「残念ながら、ネクロマンサーというジョブのことは、聞いたことがありません」

なんでも知っているアンネリーセが知らないの？

ガンダルバンたちの顔を見ても、首を横に振った。この世界ではネクロマンサーは知られていないようだ。

「ネクロマンサーというのは、屍を操る呪術士だな」

「「「屍っ!?」」」

皆が驚いている。

「そ、そんなジョブがあるのですか？」

「ソリディアが転職できるんだから、あるんじゃないのか？　ガンダルバン」

「そ、そうですが……」

モゴモゴと声が小さくなっていく。

「ご主人様のエンチャンターも珍しいですが、ソリディアさんのネクロマンサーはもっと珍しいのではないでしょうか？」

アンネリーセが言うように、ネクロマンサーは百万人に一人の珍しいジョブと詳細鑑定に書いてあった。エンチャンターが一万人に一人でかなり珍しいジョブだったから、その百倍も珍しいジョブだ。

「ネクロマンサーは呪術士だから触媒を用意しないと呪術が使えないらしい。これは普通の呪術士と同じだけど、ネクロマンサーは普通の呪術士と違って属性の呪術は使えない。その代わり屍を召喚して戦わせるようだ」

ソリディアは胸の前で手を結んで恍惚《こうこつ》とした表情……ん、違う？　もしかして不安の表情？　いや、嬉しいんだろうな。嬉しいよな。俺が彼女の立場なら小躍りする自信があるもん。

「まずは転職して、触媒を作ることから始めよう。触媒はネクロマンサーのスキルで作れるらしいから」

「……はい。ありがとうございます」

ソリディアは目を伏せた。転職できるのがネクロマンサーで嬉しさを噛《か》みしめているんだろう。対してバースはまだ腕を組んで考え込んでいる。男なら気合で転職だ！　とは言えない。一生にかかわることだから、よく考えればいい。

さて、二人のことはこれでいいだろう。あとは……。

「それからロザリナに提案なんだけど」

「はいなのです」

「うちの兵士にならないか？」

「兵士なのですか？」

首を傾《かし》げて可愛《かわい》いじゃないか。

「ロザリナは支配奴隷じゃなく任意奴隷だから、すぐに解放できる」

支配奴隷だと名誉男爵になった俺でも三級までしか解放できないけど、任意奴隷はいわゆる借金奴隷だから貴族でなくても解放は可能だ。

「ロザリナが兵士になってくれれば、兵士の数も揃《そろ》うから助かるんだよ」

ロザリナを奴隷から解放しても、俺の元から離れないだろう。多分……。だから奴隷よりも兵士のほうが彼女の身分が回復するどころか向上するからいいと思ったんだ。

「よく分からないのです。ですからご主人様にお任せするのです」

ロザリナは相変わらずだな。

「それじゃあ、奴隷から解放してこれからは兵士として働いてもらうということでいいかな」

「はいなのです」

分かってないと思うけど、良い笑顔だ。

「ガンダルバンはロザリナに兵士の心構えなどを教えてやってくれ」

「承知しました」

これで貴族としての責任は果たせる。あとはアンネリーセが解放されたら、万事めでたしめでたしだ。

「ご当主様。一つよろしいですか?」

「ん、何?」

ガンダルバンが真面目くさった顔だ。いつもだけど。

「ジョジョクはともかく、リンのジョブについては公爵閣下に報告しておいたほうがいいでしょう」

「リンのジョブって槍聖のこと?」

「はい。聖職は特別な意味を持ちます。報告しておいたほうが後々面倒にならずによろしいかと思います」

「そうなんだ。分かった。落ちついたら報告しよう」

聖がつくジョブのことを聖職と言うらしい。神官のほうがよっぽど聖職じゃないかと思うのは俺だけかな？

転生六十二日目。今日はソリディアとバースと共に、朝早くから神殿に向かった。もちろん転職するためだ。

バースは一晩考えて、冒険者に転職することにしたらしい。戦闘職を諦める踏ん切りをつけたのは明け方のようだ。目の下にクマを作っていた。

「ご当主様。ネクロマンサーに転職できました」

転職を終えたソリディアの嬉しそうな顔がとても印象的だ。

「おめでとう。レベルが一になってしまったけど、がんばって上げような」

「はい。よろしくお願いします」

バースが出てきた。すっきりした顔をしている。

「冒険者に転職しました」

「うん。これからもよろしくな」

「こちらこそよろしくお願いします」

相変わらず神殿はぼったくり価格だ。二人の転職に四万グリルも払った。それくらい払う財力はあるが、もう少し安くしないと一般人にはハードルが高い。

次はゴルテオさんの店だ。行ってみるとゴルテオさんは不在だったから、副店長にロザリナの解放を頼んだ。

「解放が完了しました。おめでとう、ロザリナ。いえ、ロザリナ様」

「えへへへなのです」

ロザリナの解放が終わり、彼女の頭を撫《な》でてやる。

「これからも頼むぞ、ロザリナ」

「はいなのです」

ついでと言ってはあれだけど、副店長さんに迷宮大牛角で剣を造ってもらいたいと頼んだ。最初は自分の剣を造るつもりだったけど、ガンダルバンのものにした。

こういうので家臣の忠誠心を買う小賢《こざか》しい考えをしている自覚はある。

「職人に直接頼まれたほうが、お値打ちですよ」

「職人の知り合いがいないから、ゴルテオ商会にお願いすることにしたのです。それにゴルテオ商会を通しておいたほうが、安心できます」

ゴルテオ商会ならしっかりとした職人と繋がりがあるだろうし、職人のほうも大商会のゴルテオ商会の依頼に対していい加減な仕事はしないだろう。

俺はこんな容姿をしているから、多くの人に舐《な》められる。そういう面倒なことも含めて、全てゴルテオ商会に丸投げすればいい。今持っているお金で足りないなら、もっと稼ぐだけだ。

「そういうことでしたら、お引き受けいたします」

「ありがとうございます」

どういった剣がいいとか、どのような意匠にするとか細かいことはガンダルバンが自分で伝えたほうがいい。良いものができればいいな。

ガンダルバンが剣の話をしている間に、俺は店の中を見て回る。

主に食材を探して……お、これって香辛料じゃないか？　これはクミン……こっちはコリアンダー！　カルダモン、シナモン、レッドペッパー、ターメリック……。

これは……これはあれなんだな！　ローズに栽培してもらえば、枯れることなくこれらのスパイスが採り放題！

「ふふふ。ふはははは！　これはいい！　これであれが再現できる！」

「どうしたのですか、ご主人様？」

おっといけない。興奮してしまった。アンネリーセに変な奴と思われてしまっただろうか？

「な、なんでもないぞ」

「……また妙なことを考えているのではないですよね？」

「考えてない、考えてない！　俺はいたって真面目にだな……」

「真面目に、なんですか？」

そのジト目、止めてもらえますかね。心に視線がグサリと刺さるんですよ。

さて、副店長にあのことを聞いてみようか。

「米とスイカですか？　はて……聞いたことがありませんね……」

首を傾げる。

「スイカは緑色に黒の縞《しま》がある大きめの果物です」

「あぁ、もしかしたらウオメロでしょうか？」

ウォーターメロンだからウオメロ？　まあ名前のことはどうでもいいや。

「それの種はありますか？」

「あれは珍しい果物でして、残念ながら種は扱っておりません」

これだけの店にも置いてないほどか。残念だが、しばらくはスイカを食べられそうにないな。

「ですが、お時間をいただければ取り寄せることは可能です」

「本当ですか!?」

捨てる神あれば拾う神ありだな！　待つから取り寄せてください！

「時間はかかってもいいので、その種を取り寄せてください」

「承知しました」

スイカの目途は立った！　あとは米だな。

「米はフラワーのようなものだけど、水を張った畑で作るんです」

水田が通じるか分からないから噛み砕いて説明。ちなみにフラワーというのは、この世界で流通している小麦に似た穀物。フラワーの粉にググルトの粉を混ぜたものがパンになる。

日本ではグルテンの含有量が異なることで薄力粉とか強力粉と言っていたけど、異世界の小麦も色々な粉があるはずだ。産地による特徴も違うだろう。そういったことで米も種類が違う可能性は十分にある。

「水を張った畑で……フラワーに似た……もしかしてライスのことですか？」

え、ライス!?　そのままかよ！

「そう、それです。多分」

「ライスは水が豊富な場所で作られています。フラワーよりも作付面積当たりの収穫量が多いことから、家畜の餌にしています」

なんともったいないことを……。米を作るためには八十八の手間暇がかかって……といってもこの世界では違うのかな。

「その米は店に置いていますか？」

「はい。家畜用の餌ですから、裏の倉庫にございます」

倉庫に連れていってもらい、ライスを確認する。玄米のように茶色だけど、米だと思う。籾殻《もみがら》を外さないといけないが、もちろん買ったよ。

脱穀……いや脱稃《だっぷ》だったか？　どうやるんだっけ？　まあ、なんとかなるだろ。

ライスが十キロほど入った袋を十袋購入した。家畜の餌だから山ほどあった。嬉しい光景だったよ。食べて美味しかったら、また買いに来よう。

屋敷に帰るとすぐにソリディアが触媒の製作に入った。これはスキルでできるので、材料さえあれば難しくないらしい。

材料は主に魔石になる。魔石は屋敷の魔道具でも使うからいくつか持っている。

触媒を作るところを見せてもらったが、まるでゲームのような光景だった。

魔石をテーブルの上に置いて、それに両手をかざしてスキル・触媒作成を発動させると魔石が発光して触媒ができる。

ガーゴイルからドロップするFランク魔石で、十個の触媒が作れる。今はスケルトン召喚用の触媒しか作れないが、スキルの熟練度が上がったら別の触媒も作れるだろう。それにしても不思議でゲーム的な光景だった。


その後はガンダルバンの訓練を受けるロザリナを眺めつつ、米の籾殻を取っている。乱暴だけど、麻袋に少しの米を入れて平らな石に叩《たた》きつける。バッスンッバッスンッとやってみたら、意外と取れてきた。もう少し続けたら、概《おおむ》ね籾殻が取れた。

今度は小型の樽《たる》の中に玄米を入れて、太い棒で突っつく。精米だ。スットンッスットンッとやってみたら、米糠《こめぬか》のようなものが出てきたから多分精米できているんだと思う。

米糠を取り除いた米を見ると、まだ茶色い。真っ白な米にするにはまだまだ精米する必要があるようだ。もっとスットンッスットンッして、かなり白くなった。結構な労力だぞこれ。

定期的に米を食べるなら、精米機を作らないといけないな。まだこの米が美味しいか分からないので、今は作らないけどさ。

屋敷のキッチンは魔導コンロがあって普段は料理はそこでしているが、今日は庭に石を積んだ竈《かまど》を作って鍋で米を炊く。

「ふー、ふー」

火の管理が大変だ。せっかく火を熾《おこ》したからバーベキューをしようと思い、料理人のゾッパに頼んで野菜と肉を適当な大きさに切って串に刺してもらった。もちろん池イカも丸ごと串に刺してもらい、バーガンで味付けしている。

それから複数の香辛料を調合してカレーを作った。なんだかキャンプみたいで楽しい。

香辛料は数十種類あって、今回は十種類くらいを調合している。細かく切ったトマトを加えて煮込んでいくと、複数の香辛料が複雑に絡み合った良い匂いが立ち上る。カレーの匂いだ！

前世でスパイスからカレーを作ったことがあるが、あの時はかなり苦労した。今はその時の苦労が役に立っていてくれて助かっている。

迷宮牛の肉を細かく切って、カレーの中に投入。屋敷に移ってからは、ネズミ肉は食べてない。不味くはないと思うけど、なんとなく心が拒否するんだ。

「ご主人様。これはなんでしょうか？　焦げないように混ぜていますが、食欲を誘うとてもいい匂いがします」

「とても美味しいものだよ。カレーっていうんだ」

「カレーですか。とても楽しみです」

カレーをかき混ぜるのはアンネリーセに頼んでいる。水を使わずトマトの水分だけで煮込んでいるから、焦がさないように気をつけてもらっている。

このトマトもローズに育ててもらった。ローズの育てた果物や野菜は美味いんだよね。

「いい匂いだ」

「独特の匂いですが、食欲を刺激しますね」

「米が進むんだよ、これが」

「米というのは、ライスのことですね」

「そうそう。俺の知っている米――ライスに似ているからちょっと期待しているんだ」

先ほどから米を炊いている鍋の蓋《ふた》がパカパカしているから、火から下ろして蒸らす。美味しくなーれと、心の中で呪《まじな》いのように繰り返す。

米を蒸らしている間に、串を焼き始める。池イカに塗ったバーガンが香ばしい匂いを漂わせ、その横で肉串から肉汁が火に落ちてプシュッと音を立てる。いい音だ。

モンダルクたちが庭にテーブルを設置してくれた。

今日は兵士も使用人も関係なく、カレーの味見会だ。カレーのほうは匂いを嗅ぐ限りではいい感じにできていると思う。水分が少ないキーマカレーに近いものだ。

味見をしてみたが、うんカレー。米がダメでもパンでも食べられそう！　テンション上がる！

米が美味しいことを祈る！

さて、その米だがそろそろいいだろう。

蓋を開けて立ち上る甘い香り。ここまでは合格だ。

米が立っている。これもＯＫ。

しゃもじ（自作）で天地を返す。おこげの茶色が美味しそう。

一番の問題は味だ……。ちょっとパサつくけど、食べられないほどではない。百点満点中四十五点といったところか。ギリ合格かな？

カレーとご飯を一緒に食べてみる。あ、意外と合う。水分が少ないカレーだけど、米をコーティングするくらいの水分はある。それが上手《うま》いこと絡み合って、美味しい。

「アンネリーセは米を皿の半分くらい盛り付けてくれるか」

「はい」

俺はカレーを米の横によそう。その皿をモンダルク一家が配膳してくれた。

「俺の国の料理だ。一度食べてみてくれ」

「これはライスですか？」

ガンダルバンが白い米を不思議そうに見ている。

「俺の国ではライスを炊いてから蒸らして、美味しく食べるんだ。ただ手に入れたライスが俺の国のものではないから少し味は落ちるようだ。でも美味しいと思うぞ」

俺がスプーンでカレーと米を掬《すく》い口に運ぶのを見てから、皆が同じようにカレーライスを食べた。

「「「っ!?」」」

全員が目を開ける。

「美味しいだろ？」

「「はい！」」

ガンダルバンと兵士たちがガツガツと食べる。

「なんだこれ、めちゃくちゃ美味いぞ」

「美味すぎてスプーンが止まらないぞ」

「こんなの食べたことないわ」

「辛いけど、癖になる美味しさだわ」

ジョジョク、バース、リン、ソリディアが食べながら喋《しゃべ》る。行儀が悪いから、口の中のものを飲み込んでから喋ろうな。

「口の中で暴れますが、これがまた美味しい。見た目はアレですが、素晴らしいものですな」

アレというのは、ウ●コのことか？　それを言ったら、次のカレーは抜きにするからな、ガンダルバン。

「ごしゅじんしゃま、オイシイなのでしゅ！」

まるでリスのように頰袋《ほおぶくろ》を膨らますのはロザリナ。泣かなくていいんだぞ。そんなに美味しいんだな。

「食べても食べても食欲を誘います。こんな料理があったのですね」

「この辺りの料理も美味しいが、俺の国の料理も美味しいだろ？」

「はい。とても美味しいです」

アンネリーセは一回一回口に運ぶ量は少ないが、本当に美味しそうに食べてくれる。

「これは摩訶不思議《まかふしぎ》な味ですな。複数の香辛料を調合するとこのような複雑怪奇な味になるのですね」

モンダルクが不思議そうにカレーを眺めている。食えよ。

「美味しいだす。作り方は見ていただす。これからこのカレーという料理をメニューに入れてもいいだすか？」

「ああ、いいぞ。そうだ、毎週光の曜日の夜はカレーにしてくれ」

一週間は六日で、火、水、風、土、光、闇の曜日がある。

たしか海上自衛隊は一週間に一回カレーの日があったはずだ。それをマネて一週間に一回はカレーの日にしよう。他の曜日でもいいけど、光の曜日が金曜日とか土曜日のような扱いだから、光でいいかと思った。

この日以降、毎週光の曜日はカレーの日になった。ついでに俺のジョブ・料理人のレベルが二に上がった。

バーベキューが終わり自室で自分のジョブとスキルについて考えていると、モンダルクが来客を告げた。

「ローク隊長が？」

応接室に通しておくように指示し、アンネリーセに手伝ってもらい華美ではない貴族用の服に着替える。数着作った貴族服の中でも一番地味なものだ。あくまでも持っている貴族服の中ではだけどね。

俺としては着飾るよりも質実剛健であればいいと思っているんだけど、モンダルクが貴族の世界はそれだけではいけないと言っていたからめっちゃ派手な貴族服も持っている。着ることはないと思うけど……。

「お待たせして申しわけないですね」

「いえいえ。先触れもなくお伺いしたのは私のほうですから」

ロークは父親似の極悪な顔に笑みを浮かべた。

「今日お伺いしたのは、公爵閣下の決定をお伝えするためです」

「決定……？」

また何かやれと言っているのか？　あの人、結構人使い荒いよね。

「実を言いますと、フットシックル名誉男爵の家臣の方々にも勲章を与えることになりました。トーイ殿と共に悪魔を退けた功績に対するものです」

なんだそんなことか。決定と言うから身構えてしまったじゃないか。

「それはありがたいことです」

俺のことじゃないから、素直に受けておいた。ガンダルバンたちの名誉になることだからね。

「しかし、急な話ですね」

「トーイ殿と共に彼らも悪魔と戦いましたから。そのことが考慮されたのでしょう」

そこにモンダルクが入ってきた。紙を渡されたから読んでみると、ロークからの贈り物のリストだった。なんで贈り物？

「良いものを頂戴したようですね。お礼を言います」

「いえいえ。トーイ殿のおかげで私は昇進できました。感謝するのはこちらのほうです」

「昇進ですか？」

「はい。首斬りリネンサの捜索及び悪魔撃退に貢献したということで、大隊長に昇進することになりました。悪魔の撃退に関しては何もしてないので心苦しいですが、トーイ殿をあまり目立たせないための処置と公爵閣下が仰《おつしや》いましたのでお受けすることにしました」

公爵も考えてくれているんだな。本当は俺の勲章なんていらないけど、一般的に考えれば叙爵や叙勲は褒美だもんな。

「それはおめでとうございます」

首斬りリネンサの捜索でも積極的に指示に従ってくれたし、首斬りリネンサが悪魔の姿になった時も被害が最小になるように避難誘導して活躍したんだから誇っていいと俺は思うよ。

ロークは三十数人を率いる中隊長から、二百人ちょっとを率いる大隊長になった。顔は怖いけど人柄は信用できそうな彼が出世するのは、俺にとってもプラスだ。何かあった時に頼らせてもらおう。将来頼るために、昇進のお祝いを贈っておこう。何がいいかな、ガンダルバンやモンダルクに相談して決めようと思う。


転生六十三日目は七階層のボス部屋周回だ。

バースが冒険者、ソリディアがネクロマンサーに転職したからそれぞれレベル一になっている。そこら辺を考えて、安全に狩れるように皆を配置。ガンダルバンが敵対心を引き受けてくれるから、二人に攻撃が行くことは滅多にない。だが、滅多にないだけで絶対ではない。

「弓はどうだ？」

剣士の時は金属鎧《よろい》だったが、冒険者に転職して革鎧を着込んだバースに武器の使い勝手を確認。

「命中率はまだ低いですが、なんとか」

バースの武器は弓になっている。昨日今日使い始めて百発百中なわけがない。味方に当てなければそれでいい。

バースの武器が剣だとモンスターに近くて危ないから、弓に替えたわけじゃない。

ジョブ・冒険者は剣が扱えないらしいのだ。剣が重く感じられるようになったから、槍《やり》や斧《おの》など色々な武器を試した。そしたら鞭《むち》、弓、短剣がしっくりきたわけ。

冒険者で鞭を持ってしまうと、映画の主人公ぽい。あれは考古学者だっけ？　まあいい、とりあえず鞭は選んでない。

バースは短剣を腰に差して、基本は弓で攻撃させることにした。うちには弓を使う兵士がいないから丁度よかったよ。もちろん矢の代金は俺が出している。矢が高いといっても、石の鏃《やじり》だと百本で六〇〇〇グリル、鉄の鏃だと百本で一万五〇〇〇グリル、グレイラットのレアドロップの鋭い前歯の矢だと十本で六〇〇〇グリルで買える。

鋭い前歯の矢はちょっとお高めだけど、そこまで気にする額じゃない。最初は石の鏃の矢を百本、鉄の鏃の矢を二百本、鋭い前歯の矢を二十本購入しておいた。

この七階層のボスであるライトリザードから得られるアイテムの換金額を考えれば、矢を消費しても十分に元が取れる金額だ。

「ソリディアも準備はいいか？」

「いつでも大丈夫です」

ソリディアの触媒も俺がお金を出している。部下が使う武器や防具は、主《あるじ》である俺が用意することにしている。触媒は呪術士にとって武器と同じだからね。

「今回はジョブが今までと違う人が四人もいるから、頼んだぞガンダルバン」

「お任せください」

「よし、行こうか」

ボス部屋の扉をジョジョクとバースが開き、全員が入っていく。

今日の俺はメインジョブが剣豪でサブジョブは両手剣の英雄にしている。剣豪はオープンにしているからレベルを上げておいて問題ないし、両手剣の英雄にはスキル・指揮がある。指揮でガンダルバンたちの能力が二十パーセントも底上げされるから、レベル一が二人もいる今回には丁度いいスキルだ。

「召喚します」

ソリディアは腰のポーチから、触媒を取り出した。

今のソリディアはネクロマンサー・レベル一だから、スケルトンしか召喚できない。取り出した触媒は、手のひらに乗るくらいのスケルトンの模型。ポーチに入れていてよく壊れないものだ。

「サモン、スケルトン」

触媒を床に落とすとパリンッと割れ、光の粒子が床に魔法陣を描いていく。やっぱり格好いいな。

魔法陣の中心からスケルトンの頭が現れ、徐々に上昇して全身が露《あら》わになると魔法陣が消えた。

スケルトンは伸長百八十センチくらいで、右手に長さ八十センチくらいの棍棒《こんぼう》を持っている。棍棒は標準装備らしい。

「いいなぁ、俺もネクロマンサーがよかったよ」

「しつこいですよ、ご主人様。それに今は戦いに集中してください」

「はーい」

アンネリーセに窘《たしな》められてしまった。彼女はしっかりと意見を言ってくれるから助かっている。

アンネリーセの言葉で俺は気を引き締めて、ミスリルの両手剣をアイテムボックスから取り出した。

「バースの弓とアンネリーセの魔法で開戦だ」

俺の指示でバースが弓に石の鏃の矢を番《つが》え、弓を引き絞った。バースが狙いを定める。ちょっと腕がプルプルしている。笑ってはいけないが、吹き出しそうになる。

ボス部屋の真ん中辺りで動かないライトリザードに矢が飛んでいく。山なりの矢はライトリザードのお尻付近に当たったが、弾《はじ》かれて刺さらなかった。冒険者・レベル一の物理攻撃力値ではこんなものだろう。

「ファイアストーム」

矢が弾かれた直後、アンネリーセの魔法が発動。ライトリザードの巨体が炎の渦に包まれる。嫌がって身をよじるライトリザード。怒りの瞳でアンネリーセを睨《にら》む。

殺気立ったライトリザードが突進してくる。ガンダルバンが駆け出す。

「アンガーロック」

ガツンッと鈍い音がした。ライトリザードの体当たりを受け止めた鋼鉄の盾が悲鳴をあげているようだ。

俺もダッシュして、一気にライトリザードの横に回り込んで斬りつける。反対側ではジョジョクも斬りつけていた。

さすがはソードマスターだ。俺の動きに合わせて攻撃し、ライトリザードの意識がガンダルバンから離れても俺に向かないようにしている。

そのジョジョクの脇から槍が出てきた。リンだ。彼女の姿は大柄なジョジョクに隠れてまったく見えなかった。ライトリザードも意表をつかれたことだろう。

ロザリナが尻尾を避《よ》けながら後方から攻撃。不規則な動きをする尻尾によく当たらないものだと感心する。

さらにスケルトンがライトリザードに棍棒を振り下ろしているが、こっちはノーダメージだ。でもこれでいい。スケルトンが攻撃に加われば、ソリディアにも経験値が入る。経験値は均等に入るみたいだから、一回でも攻撃しておけばいい。

ローズがライトリザードの体に茨《いばら》の蔓《つる》を巻きつける。動きが鈍るだけでなく、生命力をじわじわ減らしていく厄介な攻撃だ。味方でよかったよ。

俺たちの攻撃でいい感じにライトリザードの生命力が減っていく。

「よし、今だ！」

生命力の減り具合を見ていた俺が、皆にスキル攻撃を指示した。

「スキル・一点突破！　ダブルスラッシュ！」

スキル・一点突破——敵の物理防御力値や防御系スキルの効果を無効にするスキルを発動させてダブルスラッシュを叩き込むと、ライトリザードの生命力が大きく減った。

「ラッシュなのです！」

ロザリナの手数が三倍になり、ライトリザードの生命力が削られていく。

「パワーアタックだっ」

ガンダルバンのパワーアタックが炸裂《さくれつ》する。

「トリプルスラッシュッ」

ソードマスターのジョジョクのスキル攻撃。

「ライトニングランス！」

槍聖のリンのスキル攻撃。

「ブースター！　マナスラッシュ！」

アンネリーセの魔法。

これだけの攻撃が叩き込まれたライトリザードの生命力は、一気に減ってゼロになって消滅した。

「皆、怪我はないか？」

「「「ありません」」」

「ないのです」

近接戦闘していた皆が即答。

バースとソリディアが攻撃されることはなかったし、ブレスはローズが口を塞《ふさ》いで吐けなかった。

戦闘をしながら攻撃を受けた仲間がいないか気にして確認していたけど、ガンダルバン以外は攻撃を受けていないはずだ。

詳細鑑定でレベル一コンビを確認。お、レベル上がってるな。いい感じいい感じ。

「よし、この調子でガンガンいくぞ」

七階層ボス部屋を周回すれば、二人だけでなく俺たちもレベルが上がる。しかも結構な稼ぎにもなる。何より他に探索者が誰もいないから、待ち時間などのストレスなく効率的に周回できるのがいい。

冒険者・レベル二五になったバースの弓は相変わらずの命中率だけど、威力は確実に上がっている。攻撃力はそこまで高くないが、途中からライトリザードに刺さるようになった。俺たちに当たってても今まではダメージがなかったけど、今は当たると生命力が減るから命中率アップがんばれ。

訓練あるのみかな。それとジョブ・冒険者はレベル五でアイテムボックスを覚えた。俺以外で荷物運びできる人材が増えて大助かりだ。

ネクロマンサー・レベル二五になったソリディアも骨族召喚（スケルトン系召喚）だけでなく、屍族《しかばねぞく》召喚（グール系召喚）と霊体族召喚（ゴースト系召喚）を覚えた。

ボス戦の後に少しだけ休憩するが、その時に触媒を作ってグールとゴーストも召喚できるようになっている。

骨族召喚の熟練度が上がって（低）になると、棍棒装備のスケルトンだけでなく剣装備のスケルトンソルジャーも召喚できるようになった。さらに熟練度が（中）になるとスケルトンナイトが召喚可能になり、ライトリザードにダメージを与えている。

ソリディアのレベルが上がると召喚した眷属《けんぞく》たちのレベルも上がるから、毎回召喚し直している。そのため、消費魔力がそこそこ多い。

「あと一回ライトリザードを倒したら、今日は帰ろう。これで最後だ、気を抜かずにいくぞ」

一回だけ他のパーティーがボス部屋に入っていったのを挟んで、本日二十回目のライトリザード戦だ。一回の戦闘は十分かからないが、休憩もしているからいい時間になっているはずだ。

時計があれば時間が分かるんだけど、時計はない。この世界の人は朝といえば朝日が昇った直後のうす暗い時間帯を指すし、太陽が高ければ昼だし、太陽が沈んだら夜だ。その程度の時間感覚しか持っていない。

でも体内時計が結構正確らしく、アンネリーセが切り上げようと言って、ダンジョンを出ると毎回夕方なんだよ。これはアンネリーセだけだろうか？

七階層のボス部屋周回最後の一戦。俺たちがボス部屋に入ると、いつものように両開きの扉が閉まる。ボス部屋の真ん中辺りから光の粒子が立ち上って、ボスが現れる。

「ん？　なんだあれ？」

現れたボスは真っ黒だった。

「ダークリザード……だと？」

詳細鑑定で確認したらそんな種族名だった。

ライトリザードがレベル三五だったのに対して、このダークリザードのレベルは三七だ。ライトリザードよりも強いレアなボスモンスターらしい。

「ダークリザード・レベル三七。物理耐性と魔法耐性を持っている。ブレスは武器や防具だけじゃなく、人間の体も腐食させるぞ」

「なんとも厄介なモンスターですな」

防御は鉄壁、攻撃も厭《いや》らしい。探索者泣かせのボスモンスターだ。

こっちはバースとソリディアのレベルが二五。俺は剣豪が三一、転生勇者が三三になった。

他の皆はレベル三五になっている。スキルを駆使すれば、苦労はするが倒せるはずだ。

「サモン、スケルトンナイト」

三つの魔法陣から三体のスケルトンナイトが現れる。スケルトンなのに鎧を着て盾まで持っている。もう少しレベルが高かったら、十分タンクとして役に立つと思う能力値だ。しかも触媒と魔力さえあれば、何体でも召喚できる。本当に便利でいいよな。

「本日最後にレアモンスターが俺たちに美味しい思いをさせてくれるらしいぞ」

俺は皆の顔を順に見ていき、にやりと笑う。

「勝つのは俺たちだ！」

「「「「応！」」」」

「はいなのです！」

「ご主人様に勝利を！」

バースの弓矢、アンネリーセの魔法の攻撃で開戦。俺たちはそれぞれの受け持ち場所に走る。すでに何度も経験している位置取りだ。間違えることはない。

「ローズ、頼む」

ふわりと俺の周りを飛ぶと、ダークリザードの体に茨の蔓が巻きつく。

それを嫌がったダークリザードが暴れるが、三体のスケルトンナイトがそれを受け止める。骨が軋《きし》む音なのか、かなり嫌な音がする。

俺たちは自然と体が動き、ダークリザードに攻撃を仕掛ける。俺の定位置はガンダルバンの左横だ。俺の位置がここになったのは、ある理由から。

ダークリザードがローズの茨を引き千切って口を開く。

「きたぞ、ブレスだ」

――アイテムボックス！

そう、このためにこの場所になったのだ。目の前でブレスが見えるこの位置がベストポジションだ。ライトリザードもたまにローズの拘束を引き千切っていた。ライトリザードのブレスは腐食のような厄介な効果はない熱線レーザーだった。即死さえしなければ、なんとでもなる攻撃だ。しかしダークリザードのブレスは厄介だ。絶対に受けてはいけない。だから俺がその全てをアイテムボックスホイホイで受けることにした。

目の前でダークリザードのブレスが、アイテムボックスに吸い込まれていく。

ガンダルバンのアンガーロックで敵対心がしっかり固定されているから、アイテムボックスホイホイを使うのも簡単だ。

皆がそれぞれの役目を果たせば、結果は自《おの》ずとついてくる。

ダークリザードは硬かったが、ブレスを防いでしまえば問題ない。時間がかかるけど、集中を切らすほどの時間でもない。

「よし、勝った！」

ダークリザードの姿が消えていく。

七階層ボス部屋周回は、ダークリザードを最後に終了した。

今回の収入は、次の通りだ。

〈ライトリザード〉

・光のEランク魔石　一三個×一〇万グリル＝一三〇万グリル

・ライトランス　一〇個×二〇万グリル＝二〇〇万グリル
・光の宝魔石　四個×七〇万グリル＝二八〇万グリル
※合計換金額は六一〇万グリル

ダークリザードからドロップした闇のDランク魔石は珍しいとアンネリーセが言うから売らなかった。ソリディアの触媒に使えるかもしれないし、いつでも売れるからアイテムボックスに収納中だ。

しかしボス部屋周回は凄《すご》い儲《もう》けだな。名誉男爵の一年の俸給の半分を儲けてしまった。ここからガンダルバンたちに危険手当を出しても、俺の懐には大金が入ってくる。

やめられまへんな。うへへへ。

七章　受勲

転生六十四日目。待ってました勲章授与式！　誰も待ってない？　まあ、俺も待ってなかったけどさ。

昨日届いたばかりの馬車で城まで乗りつける。この馬車はモンダルクが必要だからと手配してくれたもので、授与式に間に合わせるように製作を急がせたらしい。職人たちに悪いことをしてしまった。

城には多くの貴族が登城していた。この人たち全員が授与式に出席するの？　ウワー、キンチョウスルー（棒読み）。

馬車にはうちの紋章がついていて、地味ながらも貴族用の凝った造りの馬車になっているらしい。木材、塗料、ニスなどの材料が一般向けよりも良いもので、要所に彫刻もある。良い材料と手間暇をかけた馬車になっているとモンダルクが言っていた。

「旦那様は貴族でありますので、華美な装飾はともかく、材料には拘《こだわ》るべきでしょう。もちろん、職人も厳選しております」

貴族家に長く仕えていただけあって、モンダルクはいい仕事をしている。俺に足らないものを補ってくれる。

「フットシックル名誉男爵だ」

ガンダルバンが今日の主役の登城を告げる。

ガンダルバンは軍馬に乗っている。あの巨体だから軍馬もゴゴリア種という大型馬だ。千三百キロはありそうな巨躯《きょく》である。

見習い執事のジュエルとバースは馬車の御者席、アンネリーセ、ロザリナ、ソリディアの三人は俺と一緒に馬車の中にいる。

馬車は二頭立てでこれも大型種のベルディゴ種。ゴゴリア種よりはやや小さいが、それでも千キロくらいある巨躯。馬車を牽《ひ》かせるのに軍馬がいるのだろうか？　素人の俺が考えても分からないから聞いてみる。

「ガンダルバン様がもしもの時のために、体の丈夫な軍馬がいいと仰《おっしゃ》っていました」

ソリディアの話では、ガンダルバンが馬を決めたようだ。「もしも」という単語が気になるが、その「もしも」がないことを祈ろう。

他にジョジョクとリンも軍馬に乗っている。こちらの軍馬は中型馬のボルディア種だ。

フットシックル名誉男爵家御一行様とか告げる声が外から聞こえた。気が重い。

主役だからか、他の貴族とは別のルートで入城できた。馬車と馬の世話はジュエルに任せ、他全員で城内に進む。

「こちらでお待ちください」

立派な部屋に通される。メイドが一人ついた部屋だ。お茶を出してもらって飲んでいると、ザイゲンがやってきた。

「今日の進行について説明する」

「お願いします」

進行も何も、勲章もらうだけじゃないの？　あとはアンネリーセの奴隷解放だと思うんだけど？

「まず最初に騎士たちの勲章授与式がある。フットシックル名誉男爵家は貴族の末席に列席してもらう」

公爵家の騎士たちにも勲章が贈られるようで、俺たちはその後なんだとか。

「次にフットシックル名誉男爵への勲章授与。名前が呼ばれたら貴族席から前に進み出てくれ。騎士たちが立っていた場所まで進めばいい」

ＯＫ、そのくらいは簡単だ。

「授与式が終わると、アンネリーセを奴隷から解放する。それは私の執務室で行われる」

「ありがとうございます」

それで帰ればいいんだね。

「少し休憩があってパーティーが開催される」

何それ、聞いてないんですけど。

「パーティーでは他の貴族たちと交流するといい」

「交流しないとダメですか？」

「味方を作っておくのも、貴族の務めだ」

面倒くせー。

「立食形式のパーティーだが、ダンスもある」

「踊れないんですが」

「立ち話をしていればいい」

踊れと言われても困るので助かる。

「主役には最後までいてもらう。途中で帰るようなことがないように」

嫌だー。帰りたいよー。

ザイゲンが退室して、フットシックル名誉男爵家御一行様だけになった。

「あー、緊張するなー」

「ご主人様なら立派に受勲されますよ、きっと」

「アンネリーセも一緒にいてくれたらいいのに。そしたら心強いのになぁ」

「奴隷がいていい場所ではないですよ」

「奴隷解放を先にしてくれればいいのに、公爵様も気が利かないなぁ」

「そんなことを言ったら罰《ばち》が当たります。解放されるだけで私は幸せなのですから」

アンネリーセへの褒美は奴隷解放だから勲章はない。

今日で本当に奴隷から解放させられると思うと、俺も肩の荷が下ろせるよ。

お茶がカップからなくなる頃に呼ばれ、とても広い謁見《えっけん》の間に通されて末席に陣取る。

俺を値踏みしようという貴族たちの視線が集まる。ジロジロ見んなよ。見世物じゃないんだぞ、俺は。などとは言えないけどね。

公爵が玉座（？）に座ると、騎士たちが謁見の間に入ってきた。ロークと数人の騎士と兵士だ。

騎士と兵士の差はマントだね。騎士はマントをつけているが、兵士はつけていない。

騎士がロークを入れて三人。兵士は十五人だ。あの悪魔騒動の時に避難誘導などの貢献をした人たちらしい。

「悪魔襲撃の際、よく民を守ったローク＝バルカンに勲四等椿《つばき》勲章を授ける」

公爵がよく通る声でそう宣言すると、ロークが前に出て四段ある階段の三段目まで上がった。

公爵が立ち上がって、勲章をロークの胸につけた。

その後も一人一人名前が呼ばれ、公爵が勲章を与えていった。

ロークは謁見の間から出ていく時に、俺にウインクしてきた。強面《こわもて》の男にされても嬉《うれ》しくない。

「名誉男爵トーイ＝フットシックル。前に」

俺の名前が呼ばれ、俺たちはふわふわで真っ赤な絨毯《じゅうたん》の上を歩いて公爵の前まで進み出る。

俺の後ろにガンダルバン、その後ろにうちの兵士たちが並ぶ。

「名誉男爵トーイ＝フットシックルは悪魔を退け、このケルニッフィの危機を救った。その功績を称《たた》え勲三等牡丹《ぼたん》勲章を授ける」

進み出て階段の三段目まで上がり、公爵の前に。

「よくやった。これからも期待しているぞ」

期待されなくていいです。

「ありがとうございます」

俺が下がると今度はガンダルバンが呼ばれ、続いて兵士たちが呼ばれて順に勲章が授与された。


無事に勲章授与式が終わり、やっとアンネリーセの解放の時間になった。

ザイゲンの執務室に俺とアンネリーセだけが入る。

「これは悪魔撃退の褒美に代わる恩赦である。今後は罪を犯さず、真っ当に暮らすように。いいな」

「はい」

ザイゲンの言葉に神妙な表情で頷《うなず》くアンネリーセ。

公爵家に仕える奴隷商人によって解放が行われる。これでアンネリーセは自由の身だ。

「おめでとう、アンネリーセ」

「これもご主人様のおかげです。どれほど感謝してもしきれません」

「ご主人様じゃなく、トーイだ。トーイと呼んでくれ」

「ですが……」

「トーイ」

「と、トーイ……様」

「うん。それでいい。美しい顔に涙は似合わないよ。ほら、拭いてあげる」

アンネリーセの涙をハンカチで拭く。涙は似合わないけど、涙を流していてもアンネリーセは綺麗《きれい》だ。彼女を抱き寄せ、よしよしと頭を撫《な》でてやる。

残念ながら今の俺の背丈よりも、アンネリーセのほうが高い。俺の背はもっと伸びるのだろうか？

「ゴホン。フットシックル名誉男爵、いちゃつくのは他でやってくれないかね」

「「あっ……」」

ザイゲンの執務室なのを忘れていた。ザイゲンと奴隷商人と文官たちが苦笑している。

こりゃ失礼。ははは、笑って誤魔化《ごまか》そう。


アンネリーセの解放も終わったし帰りたいところだが、まだ帰れない。パーティーに参加しないといけない。俺はドレス姿のアンネリーセと腕を組み、音楽が奏でられている会場に入った。どや、俺のアンネリーセは美人だろ。羨《うらや》ましいか、あははは。

「このような場所に私など相応《ふさわ》しくないです……」

こんなことを言うアンネリーセに、俺は言う。

「俺の横に立つのは、アンネリーセ以外にいない。だから気にせず、俺の横にいてくれ」

「ごしゅ……トーイ様……ありがとうございます」

まだ名前呼びに慣れてないアンネリーセだけど、それも愛《いと》しい。

まずは公爵に挨拶。さっき顔を合わせたのに、わざわざ挨拶に行かないといけない。面倒なしきたりだ。

「公爵様。本日はありがとうございました。おかげをもちまして彼女を解放できました」

「美しいな」

「私のアンネリーセですからね」

「ははは。大丈夫だ、取りはせぬ」

美しいとか綺麗だと思うのはいいが、アンネリーセに手を出そうというなら、全力で排除する。

それで世界を敵に回すことになってもだ。それだけは覚えておいてね。

「それで、いつ式を挙げるのだ？　私が媒酌人をしようじゃないか」

「「えっ!?」」

式……。

「その顔ではプロポーズもしてないのか？　いかんな、そういうことはちゃんとしないと、後からずっと言われ続けるぞ。ハハハハハ」

し、式ってもしかして結婚式のこと？

アンネリーセは頬《ほお》を赤らめ俯《うつむ》いている。俺とアンネリーセが結婚……いいじゃないか！　それ、採用！

「公爵閣下。フットシックル名誉男爵」

式のことを考えていたら、ザイゲンがやってきた。俺は公爵の横で共に彼の挨拶を受けた。

面倒だけど、今夜の主役である俺は公爵の横で笑みを絶やさず立っていなければならない。

その横にはアンネリーセもいる。その微笑《ほほえ》みには一〇〇億グリルの価値があってもいいと俺は思う。その笑みで俺の引き攣《つ》った笑みをカバーしてくれ。

次はロークとその父のバルカンがやってきた。いやもう一人、バルカンと同じ顔をした奴がいるぞ。バルカンの長男か！

なんて強い遺伝子なんだ、バルカン遺伝子恐るべし。

「この度は息子をお引き立てくださり、感謝いたします」

バルカンが長文を喋《しゃべ》っている!?　こいつ、こんな長文が喋れたのか。

「さらなる忠勤に励みます。これからもよろしくお願いいたします」

ロークはちょっと緊張気味。顔が怖いよ、笑みだよ、笑み。

「公爵閣下。弟をお引き立ていただき、感謝いたします」

おお、お兄ちゃんはしっかり話せるんだ。バルカン遺伝子を駆逐しろ。

「フットシックル名誉男爵。初めてお会いします。私はイージス＝バルカンと申します。父と弟がお世話になっていると聞いています。二人がご迷惑をおかけしていませんか？」

お兄ちゃん、もの凄《すご》く常識人!?

「これは丁寧な挨拶痛み入ります。私はトーイ＝フットシックルと申します。お父上とローク殿には大変お世話になっていますよ、イージス殿」

本当はお父上には大迷惑を被《こうむ》っていましたけどね。社交辞令ですよ。そこんところ分かってね。

イージスも騎士団に所属している武人で、今は連隊長をしているらしい。その顔……じゃなかった、鍛え抜かれた大きな体を見たら文官じゃないことは簡単に想像できる。きっと父親にシゴかれたんだろうな（遠い目）。

長男のイージスと三男ロークがバルカン遺伝子の猛威に曝《さら》されていることを考えると、次男もバルカン遺伝子全開なんだろうな。一家揃《そろ》ったら、気温が五度くらい上がりそうだ。

バルカン一家の後は公爵の家臣の貴族たちが挨拶してきた。

貴族の中にはアンネリーセを見て厭《いや》らしい笑みを浮かべる奴もいたけど、手を出そうというのなら覚悟しろよ。

ずっと立っていて、料理も味わえない状態。拷問か、これは？

貴族たちの挨拶がピークに達し、あと少しというところだったのにそれは起こった。

爆発音と共に足の裏に振動を感じた。何か良くないことが起こったようだ。

俺がそんなことを考えていると、バルカン一家が公爵を取り囲んで守る態勢を取った。さすがというべき動きだ。

でもフットシックル名誉男爵家御一行様もさるものだ。すぐに俺のそばに飛んできて周囲を警戒している。他の貴族の騎士や兵士は呆然《ぼうぜん》と立ちすくんでいるというのに、素晴らしい動きだよ。

「ザイゲン殿。公爵様を避難させないのですか？」

「この場で何か起こったのではない以上、状況が掴《つか》めていない状況で闇雲《やみくも》に動くのはよくない。報告を待って、判断することになる」

こういう時は状況が分かるまで動かないらしい。そこに兵士が駆け込んでくる。

「申し上げます。城内に魔法生物が現れましてございます」

「魔法生物だと？　……何者かが魔法生物を城内で放ったわけだな」

公爵は厳しい顔をして、唸《うな》った。

「アンネリーセ。魔法生物って何？」

「簡単に言いますと、モンスターのことです──」

魔法生物というのは、ダンジョン内だとモンスターと言われる生き物のことらしい。ダンジョン内でモンスターを倒すとアイテムを残して消滅するが、地上のモンスター、つまり魔法生物は死骸が残る。

もちろんアイテムはドロップしない。その代わり、死骸を解体して皮や肉、骨、牙などを有効利用できる。

さらに兵士が駆け込んでくる。

「申し上げます。ベニュー男爵、謀反にございます」

「ベニューか……恩を仇《あだ》で返しおって」

公爵は吐き捨てるように言う。

「ベニュー男爵ってどんな人ですか？」

ザイゲンに聞いてみる。

「シャルディナ盗賊団と通じていた家だ。当主以下数名を処刑したが、親戚から新当主を立て子爵から男爵に爵位を下げて家を存続させてやったのだが、それが仇になったようだ。あの時温情をかけずに全ての者を族滅していればこのようなことにはならなかっただろう。痛恨の極みだ」

何それ、逆ギレで謀反したの？　処刑されず男爵の地位は残してもらったのに、感謝するべきところを恨んじゃったわけ？　バカじゃないの。

ザイゲンの苦虫を嚙み潰《つぶ》したような顔を見ると、本当に後悔しているようだ。

こんなことがあると、今後同じようなことがあったら罪もない人が一族や親族だからと族滅されちゃうじゃん。ベニューって奴は最悪だな。

しかし当主と一部の人だけ処刑して族滅しなかったなんて、公爵も優しいところがあるんだな。結構非情な人かと思っていた。公爵を見る目が変わるよ。

「申し上げます。モンスターはガーゴイルです。ガーゴイルが数十体です。味方に大きな被害が出ています」

ガーゴイルは空を飛べるから城壁を飛び越えてきたのか。

「ガーゴイルであれば、一般兵では太刀打ちできぬ。バルカン、行ってくれるか」

「承知」

公爵の命令でバルカンがガーゴイルの撃退に向かおうとする。何か引っかかる。なんだ……？

「お待ちください」

「なんだ、フットシックル名誉男爵」

無意識に口が動いていた。自分自身が気味悪い。

「ガーゴイルは私たちが対処しましょう。バルカン様は公爵様のそばから離れないほうがいいと思います」

なんでこんなこと言っちゃったんだろうか？　俺の脳は何を考えているんだ？　そうやって厄介ごとに首を突っ込むから、前世でも面倒臭いことになったんだろうが！　はぁ……。自分で自分が嫌になる。

「私もフットシックル名誉男爵に任せるのがよいと愚考いたします」

ザイゲンが俺に任せろと後押しする。

「……分かった。ガーゴイル退治はフットシックル名誉男爵に任せる。ロークは補佐をせよ」

「はっ」

ロークが敬礼し、俺の横に。

「ローク隊長。武器を貸してもらえますか」

「承知しました。こちらへ」

近くにいた騎士と兵士から、剣と槍《やり》を手に入れる。公爵家の騎士だけあって、良い剣を使っている。ガンダルバンだけは盾も借りたが、傷一つない綺麗なその盾がどうなるか……公爵に弁償してもらってくれ。

彼らには魔法使い系のジョブ持ちは少なく、持っている人は貴重な戦力になるからアンネリーセとソリディアの杖《つえ》は確保できなかった。杖がなくても魔法や呪術は使えるが、あったほうが威力が上がったりするので残念だ。

「行くぞ」

俺たちはモンスターが暴れる場所へ駆けた。今の俺のメインジョブは剣豪、サブジョブは暗殺者になっている。

見えてきた。ガーゴイルだ。レベルは二〇、こっちは二二、あいつは二五だ。ダンジョンよりレベルが高いだと？

「ダンジョンのモンスターよりも強そうだ。気をつけろ」

ロークがいるから明確にレベルの話はしないが、戦闘力が高いことを告げると皆が頷いた。分かってくれたようだ。

酷《ひど》い状況だ。倒れて動かない騎士や兵士が二十人くらい。怪我《けが》を負って仲間の手で後方へ下げられた者はもっと多い。

「ローク隊長。騎士たちを下げてもらえますか。それと今からソリディアが死霊を召喚します。それは味方なので攻撃しないように徹底してください」

「し、死霊ですか」

「詳しい話は後です。皆に徹底してください」

「承知しました」

ロークが大声を張り上げて、騎士たちを後方に下げる。あの巨躯から発せられる大声は、耳によく響く。

騎士たちが下がっていく。

「ガンダルバン、行くぞ」

「はっ！」

俺、ガンダルバン、ジョジョク、リン、ロザリナが突出する。

「サモン、ハイゴースト」

ソリディアは霊体族召喚でハイゴーストを三体召喚。

「眷属《けんぞく》合成！」

ネクロマンサー・レベル二〇で覚えたスキル・眷属合成は、複数の眷属を合成することでより強力な眷属にすることができる。

現在の眷属合成（低）では三体を合成して強力なハイゴーストを作れるが、強さが三倍にならないところが残念だ。

黒く透けた一メートルほどの球体に短い手足が生えたハイゴーストが合成され、二メートルほどになる。短い手足はそのままだが、さらに目と口がついた姿になった。

まるで「ケタケタ」と笑っているように見えるが、声は聞こえない。

三体のハイゴーストを合成したソリディアの眷属は、ハイゴースト・オーバーという種族名になっている。レベルは三五だ。合成したことでレベルも高くなっている。

「ハイゴースト・オーバー。凍《い》てつく冷気！」

「………」

短い両手を上下に振ると、突風が吹きガーゴイルを凍りつかせていく。すると飛んでいたガーゴイルは地面に墜落。普通に強い。

「ファイアストーム」

アンネリーセの魔法が発動。烈火が数体のガーゴイルを巻き込む。ガーゴイルが落ちて地面に激突。

落ちてきたガーゴイルを、俺たちがボコって倒す。

これの繰り返しでガーゴイル三十体を倒した。

「あああ……私のガーゴイルたちが。なんなのだ、お前たちは!?」

こいつがベニュー男爵か。神経質そうな細面《ほそおもて》の三十代の男だ。こんな奴が公爵に謀反？　とてもそんな決断力があるようには思えないんだけど？

「この私がこんなところで。ああ、女神様。私をお守りください」

女神？　何を言っているんだ、こいつ。

「女神様、女神様、女神様、女神様、女神様、ああ、女神ーっ」

完全にぶっ飛んでるよ、頭が。

詳細鑑定で見てみると、ここにもいましたよ……悪魔憑《つ》き。

衣服をぶち破るように筋肉が盛り上がって、大きくなっていく。

「こいつ、悪魔憑きか!?」

ロークが驚愕《きょうがく》する。そんなに怒鳴らなくても分かっているよ。

「ガンダルバン。下級悪魔ジャミル・レベル三五だ」

ロークたちには聞こえないように、ガンダルバンと肩を並べ囁《ささや》く。

「承知」

前回戦った下級悪魔パティスよりもレベルは高いが、こいつも下級悪魔だ。

てかさ、下級悪魔憑きなのに、女神様ってなんだよ？　悪魔が女神を騙《かた》っていたわけか？　悪魔も布教活動が大変なんだな。

「ローク隊長。全員を避難させてください。守りながらは戦えませんから」

「は、はい。分かりました」

これでよし。嘘《うそ》も方便。そしてリンに目で合図する。彼女なら悪魔に対して有効な聖属性の攻撃ができる。なんと言ってもリンは槍聖をオープンにしている……ん、俺、リンのことを公爵に伝えたっけ？　……まあ、いいか。

下級悪魔ジャミルは下級悪魔パティスと同じような羊頭にゴリラの体、尻尾がありコウモリの翼を持っている。代わり映えしないことにがっかりだよ。

「オソレ　オノノケ　ワガ　マエニ　ヒザマズケ」

「バカ言うな」

恐れおののいていたら、戦えないじゃないか。

剣で足を斬りつける。あまり斬れ味のよい剣ではない。ミスリルの両手剣と比べたら可哀想《かわいそう》だが、どうしても比べてしまう。

だが問題ない。前回の下級悪魔パティス並みにデカくレベルも高いが、俺たちもレベルが上がっているんだ。決して倒せない悪魔じゃない。

「ワイショウナ　ニンゲンノ　クセニ」

「お前はデカいだけだろが！」

口で応戦だけじゃないぞ、剣で足を斬る。

「アンガーロックッ」

ガンダルバンが敵対心を固定すると、すぐにアンネリーセの魔法が発動し炎に包まれる。

「アガガガッ　オノレー　キサマタチニ　テンバツヲ　アタエル！」

悪魔のくせに天罰とか頭大丈夫か？

下級悪魔ジャミルの周囲に魔法陣が浮かび上がる。そこから魔法生物が生み出される。ガーゴイルのような体だけど、ガーゴイルじゃない。下級悪魔ジャミルと同じくらいの大きさで、人型ロボットのような岩のゴーレムだ。レベルは二五から三〇。それが十体生み出され、俺たちに襲いかかってくる。

「しゃらくせーっ」

ゴーレムのパンチを躱《かわ》して、その腕を駆け上る。

ジャンプして剣をゴーレムの頭に振り下ろす。剣豪・レベル二〇で覚えたスキルの兜割《かぶとわり》は頭部への攻撃を行うと自動で発動し、物理攻撃力が二倍になる。

俺はゴーレムの頭部を粉砕した。剣で斬ったのに、粉砕とか……。

これがミスリルの両手剣だと斬れたと思うけど、この剣ではそこまでの斬れ味はない。その代わり、粉砕か。いいのか、悪いのか。

「三連突きっ」

頭の再生を行うゴーレムに、リンのスキル・三連突きが放たれる。

その攻撃でゴーレムは再生が追いつかず生命力がゼロになって、その場に崩れるように伏した。

ガーゴイルもそうだが、地上に現れる魔法生物は死骸を残す。石のガーゴイルと岩のゴーレムが残っても邪魔なだけな気がするのは、俺だけだろうか？　オブジェにどうだ？　ゴーレムに攻められた城の名物だ。

俺たちは次々にゴーレムを倒していったが、その間に下級悪魔ジャミルは城の奥へと飛んでいってしまった。

「ガンダルバン。リンは連れていく。後は任せた」

「お任せください！」

ガンダルバンたちにゴーレムを任せて、俺はリンを連れて下級悪魔ジャミルを追った。


下級悪魔ジャミルの気配は陰湿で剣呑《けんのん》なものだから、すぐに居場所は分かった。

二階建ての建物くらいの巨大な体だからあまり奥には行けないと思っていたが、天井や壁を壊しながら進んでいるようだ。どんな脳筋だよ。

喧騒《けんそう》が聞こえてきて下級悪魔ジャミルが戦っているのが分かった。相手はバルカンだ。さすがはバルカン、下級悪魔ジャミル相手に無双している。レベル四二は伊達《だて》ではない。

「加勢します」

俺が言うと、戦いながら視線は下級悪魔ジャミルに向け、バルカンは器用にコクリと顎《あご》を引く。

ジャンプして下級悪魔ジャミルの片翼を斬り落とす。

「ギャアァアッ　マタ　キサマ　カ」

「ゴーレムで足止めして公爵を狙おうとした作戦は良かったが、バルカン様がいることを失念していたお前は愚か者だ」

「バカニ　スルナッ」

腰をかがめて太い腕をやり過ごす。

俺に意識が向いたところでバルカンが残った片翼を斬り落とす。

「ニンゲンノ　ブンザイデエエエエエッ」

大きな口を開き、そこから漆黒のブレスが吐き出された。

俺は後方に大きく飛びのいて、そのブレスをやり過ごす。だがバルカンは微動だにしない。

後方に公爵がいるからバルカンは自分の身を犠牲にしてもブレスを受けた。身を挺《てい》して主人を守るとか、俺にはできないことだ。そんなバルカンを尊敬するよ。

腐食ブレスによって、バルカンは体中を腐食させるダメージを負った。それでも下級悪魔ジャミルに攻撃を仕掛ける姿は、さすがと言うほかない。

「リン。行け！」

「はい！　聖槍召喚！」

「「なっ!?」」

公爵たちが驚く中、バルカンは手を止めずに下級悪魔ジャミルを追い詰める。そこに聖槍でリンが攻撃する。

「ギャァァッ　キサマ　ソレハッ!?」

リンの聖槍はピンクに淡く光っていて、振る度にキラキラとピンクの粒子が飛散する。桜が散り際に見せる桜吹雪のようで、とても綺麗な光だ。

「ライトニングランスッ」

「ヤ　ヤメローッ……」

ライトニングランスを受けた下級悪魔ジャミルの生命力がゼロになって、死体が砂に変わった。

「リン、よくやった！」

俺はリンを褒め、その肩をポンッと叩《たた》いた。これで二体目の悪魔討伐だ。また変なことになりそうだが、こればかりは諦めるしかないか。

「バルカンッ!?」

その声に振り返ると、床に膝をついたバルカンが剣を杖のようにして体を支えながら荒い息をして苦しんでいた。

先ほどの腐食ブレスが体を侵しているのだろう。公爵を庇《かば》った代償だ。

「父上」

「騒ぐでないっ」

駆け寄ろうとする長男のイージスを手で制した。

「ですが――」

「閣下のそばを離れるな。全ての敵を駆逐したと確定したわけではないのだぞ！」

俺はバルカンに、本物の騎士を見た気がした。自分が確実に死に向かっているのに主《あるじ》のことを第一に考えるのは、誰にでもできることではない。


「神官を呼べ！　早くしろ！」

「バルカン。すまぬ」

ザイゲンが神官の手配をする。

「閣下が謝ることではありません。これは某《それがし》の不徳。鍛え方が足りなかったのです」

感動する場面なんだと思うが、そんなときでもバルカンの脳筋が顔を出す。鍛えたからといって、腐食ブレスをレジストできるものなのか？

騎士がポーションを飲ませ生命力を回復させるが、バルカンの生命力は減り続ける。ポーションでは腐食ブレスのマイナス効果を除去できない。

ほどなくして神官が到着し、バルカンの腐食は浄化された。

神官いいな。俺はヒールはできるが、今回のような腐食は神官のキュアが必要だ。もしかしたら転生勇者を育てていけば覚えるかもだけど、それを期待する気はない。

実を言うとロザリナが神官に転職可能なんだ。彼女は素手でモンスターを百体倒しているからね。でもバトルマスターが彼女の天職だと思うから転職する気はないだろうし、俺も無理に転職を勧めるつもりはない。

騎士や兵士、それと文官たちは下級悪魔ジャミルが壊した城の瓦礫《がれき》やゴーレムなどの後始末で徹夜だろう。

公爵やザイゲンは、フットシックル名誉男爵家御一行様に後始末をしろとは言わなかった。だけど城内の部屋で待機を命じられて屋敷には帰ってない。

風呂に入れないから、久しぶりに体を拭いた。ロザリナは兵士になったから、リンとソリディアと一緒の部屋で休んでいる。だから寝室では俺とアンネリーセだけだ。城のメイドにはご退場願ったからね。

お互いに体を拭き合い、アンネリーセの首に無骨な奴隷の首輪がなくなったのを実感した。

もちろんアンネリーセが嫌がれば拭き合うことはしない。だけどアンネリーセは自分から体を拭くと言い出した。これはOKなんだろうか。

「アンネリーセの肌は白くてきめ細かくて柔らかいね」

「そんなことありません……」

「そんなことあるよ。俺が言うんだから、間違いない」

この世界に転生して知ったが、風呂に入る者は貴族でもあまりいない。それなのにアンネリーセの肌は少しもくすみがなく、綺麗だ。

以前石鹸《せっけん》を作ったが、今後はシャンプーも作りたいしコンディショナーも欲しい。でも石鹸は理科の実験で作ったことがあるけど、シャンプーとコンディショナー作りの知識はない。とりあえずやれることはやっておこう。スキルのことでやりたいこともあるが、それは今はできないか。屋敷に帰ってゆっくり取り組もう。

一夜明けて、転生六十五日目。城内の瓦礫は粗方《あらかた》始末された。かなり酷く壊されているのに、崩れない城の頑丈さは素直に凄いと思う。

公爵の執務室へ入ると、目の下にクマをつくった公爵たちに面会。俺はアンネリーセを抱き枕にしてしっかり寝たよ。ふふふ、美少女を抱き枕にできる俺を羨むなよ。

「昨夜のこと、私はとても満足している。城はこのようになってしまったが、幸い死者はゼロだった。城はまた築けばいいが、人はそうではない。それに悪魔は完全に滅んだ。全てはフットシックル名誉男爵のおかげだ。感謝する」

公爵の感謝の言葉は誠心誠意だと分かった。ここまで低姿勢で臨まれると、逆に身構えてしまう。

「いえ、私は大したことはしてません。それよりもバルカン様は大丈夫ですか？」

この場にいないバルカンを心配する。神官に治療してもらったからバルカンの状態異常はなくなっていたが、それでもかなり危険な状態だったからね。

「バルカンなら騎士たちの陣頭指揮を執っている。休めと言ったのだが、私の言うことを聞かん。困ったものだ」

「あまりバルカン様のことは知りませんが、バルカン様らしいですね」

脳筋は今日も脳筋だった。そういうことだろう。

「あの悪魔が憑いていたのは、ベニュー男爵家の跡を継いだサロマという者だ」

公爵は事の顛末《てんまつ》を語り出した。それによれば、シャルディナ盗賊団騒動において、処刑された者の中にサロマの妹がいたらしい。騒動には直接関係していなかったが、公爵が命じて全ての貴族のレコードカードを確認したら犯罪者だったのだ。

貴族内では有名な女性で、これまでに三度結婚して三度死別しているらしい。三人とも妹よりもはるかに年上の貴族や富豪ばかりであり、死別しても不思議はなかったのだが、夫たちを毒殺していたのが発覚してしまった。発覚した以上はその女性を処罰しなければならない。サロマは最後まで妹は何もしていないと主張していたらしい。妹は男たちの心を操る天才だったようだ。それが兄でもだ。

妹が処刑されたのは自業自得だが、サロマはそのことで公爵を恨んだ。そして悪魔と契約したらしい。

「悪魔は人の心の闇の臭いを嗅ぎつけて忍び寄ってくる。フットシックル名誉男爵家も気をつけるように」

「はい。気をつけます」

忍び寄ってきたら討伐して宝珠を手に入れるチャンスだなんて思ったりしてないよ。

「さて、今回は悪魔を撃退ではなく、討伐したわけだ。フットシックル名誉男爵家の兵士、あのネコ獣人の女性、たしかリンといったか？　彼女は何者だね？」

やっぱその話になるんだね。覚悟はしていたからいいけど。

「彼女は当家の兵士でリンといいます。先日、槍士《やりし》から槍聖へジョブが進化しました」

「そういう大事なことはすぐに報告してもらわないと困るぞ、フットシックル名誉男爵」

公爵の眉間にシワができる。そんな目で見ないで、怖いじゃないですか。

「授与式の直前に進化しましたので、授与式後に報告するつもりだったのです」

ガンダルバンに報告するように言われていたから、これは言いわけではないし忘れていたわけでもない。本当に授与式の後に報告しようと思っていただけだ。それに直前というのは嘘じゃない。

直前がどれだけ前のことをいうのかは、人それぞれだけどね。

「報告のことは、今回が初めてゆえ不問にするが、今後は速やかに報告するように。よいな」

「そうします」

これでめでたしめでたし。さあ、帰ろう。

「それで褒美の件だ」

「えええ……」

「そんなに嫌そうな顔をするな。悪魔を撃退しただけでも勲三等牡丹勲章を与えるのだ。討伐した今回は勲二等菊花勲章を与える。城がこのような状況だ、少し時間は空くがそう思っておくように。もちろん、其方《そのほう》の配下の者たちもだ」

ですよねー……。

そんなに勲章要らないんだけど、ガンダルバンたちが勲章をもらうのはいいことだ。

「それと悪魔から手に入れた宝珠のことだが」

公爵が視線で指示すると、文官が宝珠を載せたトレイを持ってきた。

「それはフットシックル名誉男爵のものだが、当家で購入したい。どうであろうか？」

宝珠はユニークスキルの精霊召喚が手に入る貴重なアイテムだ。本当は持っておきたいが、公爵がこのように言っているのなら売らないわけにはいかないんだろうな。

その宝珠の使い方を知ってますなんて言えないし、ここは嫌そうに了承だ。

「承知しました。それは公爵様のほうで引き取っていただいて結構です」

「そうか。できるかぎりの対価を用意しよう」

できる限りの対価……。どんな対価か聞くのが怖い。今のうちにお金でいいと言っておくべきか。

「対価については後日相談させてもらう。今日はご苦労であった」

「はい。それでは失礼します」

なんか言い出せなかった。後でザイゲンにそっと耳打ちしておこう。


城を辞して途中で買い物をしたから、屋敷に帰ったのは昼前のことだった。

それでもモンダルクたちは慌てもせずに昼ご飯を用意してくれた。しかも風呂の用意までしてあった。

昼ご飯前に風呂に入り、疲れを癒《いや》した。風呂はいい。アンネリーセと一緒の風呂はとても癒される。ここは天国か。

ＯＰＰＡＩは今日も柔らかだった。しかも今のアンネリーセには奴隷の首輪がない。それだけで俺の心が軽い。やっぱりいい人が奴隷になるのは間違っている。そう思うわけですよ。

八章　アイテム・エンチャント

メインジョブをエンチャンターに変え、サブジョブを転生勇者に変更。これが一番魔力が多い組み合わせだ。

作業台の上に六本の剣を並べた。城から帰ってくる途中で買ったものだ。

・**鉄の片手剣A**：物理攻撃力＋八　腕力＋一　耐久値二五／二五
・**鉄の片手剣B**：物理攻撃力＋九　耐久値三〇／三〇
・**鉄の片手剣C**：物理攻撃力＋九　耐久値三一／三一
・**鉄の片手剣D**：物理攻撃力＋一〇　耐久値三〇／三〇
・**鉄の片手剣E**：物理攻撃力＋一〇　腕力＋一　耐久値二九／二九
・**鉄の片手剣F**：物理攻撃力＋一一　腕力＋一　耐久値三〇／三〇

鉄の片手剣をこんなに買ってどうするのか。その疑問に答えよう！

エンチャンター・レベル三〇で覚えたスキル・アイテム・エンチャントは、アイテムにエンチャント・ファイアなどを定着させるものだ。消費魔力がかなり多いが、こうやって鉄の剣にエンチャントをしようと試みている。

エンチャントに必要なものは、元になるアイテム——この場合は剣と魔石だ。

今回はEランク魔石を用意している。Ｆランク魔石は魔力が少ないからマジックアイテム製作には不向きだと詳細鑑定が教えてくれたからね。

「アイテム・エンチャント発動。エンチャント・ファイア」

鉄の片手剣Aにエンチャントを施したところ、ヒビが入って粉々になってしまった。

失敗は成功の母と言うからな。今度は鉄の片手剣Bに試してみたが、これも失敗。

詳細鑑定で見ていたが、耐久値の上限値が一気に減ってしまい剣が耐えきれなかったようだ。

鉄の片手剣では耐久値が不足しているのは明らか。鋼鉄の片手剣で試してみるか。

神様がくれた武器だが、ほとんど使うことのなかったものだ。

・**鋼鉄の片手剣**：物理攻撃力＋一五　腕力＋三　耐久値四五／四五

「アイテム・エンチャント発動。エンチャント・ファイア」

ギューンッと耐久値が減っていき、ゼロになったところでヒビが入って割れてしまった。

「おいおい……。さすがにミスリルの両手剣で試す気はないぞ」

アイテム・エンチャントはアイテムの耐久値を著しく消費する。これでは仮にアイテム・エンチャントが成功しても、耐久値のないものになってしまう。

何か耐久値を大幅に上げるか、アイテム・エンチャントで耐久値を減らさない対策が必要だ。

「もしかしたら鉄系のアイテムと相性が悪いということはないか？」

ガンダルバンたちが訓練で使っている刃を潰《つぶ》した銅の片手剣を使って試した。結果、銅の片手剣は粉々になった。素材の差ではなく耐久値の問題……いや、まだモンスターからドロップした素材を試してない。

バースが使っていたガーゴイルバスターが一本余っていたから試すことにした。

「トーイ様。ガーゴイルバスターはボスモンスターのレアドロップ品ですよ」

俺の実験を見守っていたアンネリーセが半眼《はんめ》だ。分かっているよ。でもさ、試さなければ分からないことがあるんだよ。

「せめてガーゴイルソードにされてはいかがですか？」

ボスモンスターのノーマルドロップアイテムのガーゴイルソードは持っていない。

ダンジョンムーヴですぐにボス部屋に行けるけど、数日は屋敷で大人しくしていろと公爵に言われているからあまり出歩くわけにはいかないんだよな。

石のような素材のガーゴイルバスターを見つめてどうするか思案する。

ん、石……。石のように硬い……。

「そうだっ!?」

鉄の片手剣Cを手に取る。

「アイテム・エンチャント発動。……エンチャント・ハード！」

詳細鑑定で耐久値を見ていたが、まったく減らない！　それどころか耐久値が大幅に上昇したぞ！

・鉄の片手剣C＋：物理攻撃力＋一八　耐久値一〇八／一〇八

物理攻撃力値が二倍になり、耐久値が三・五倍になった！

この耐久値なら属性付与も成功するんじゃないか。

「アイテム・エンチャント！　エンチャント・ファイア！」

おおお!?　耐久値は減ったが、鉄の片手剣C＋にファイアが定着したぞ！

・ファイアソード：物理攻撃力＋一八　追加効果　火傷《やけど》（微）　耐久値五八／五八　（鉄の片手剣C＋Eランク魔石＋エンチャント・ハード＋エンチャント・ファイア）

「ご主人様、成功したのですか!?」

アンネリーセがとても嬉《うれ》しそうにしている。そんなに成功したことが嬉しいのか。俺も嬉しいよ。

「ガーゴイルバスターを失わずに済んでよかったです」

そっちかーいっ！

まあいいよ。ガーゴイルバスターは一般的に高価だからね。

ボス部屋周回して十体も倒せば一本くらいドロップするから、全然レアでもない気がしていた俺の感覚がおかしいんだろう。

鉄の片手剣C＋をもとにしているから物理攻撃力のプラス補正値に変化はないが、追加効果はちゃんとついた。

エンチャント・ハードは物理攻撃力値と耐久値を上げ、属性エンチャントは追加効果を与えるわけか。

エンチャント・ハードの物理攻撃力値上昇は＋九なのか、それとも二倍なのか。それは他の剣にエンチャントを施していけば分かるだろう。

でももう魔力がすっからかんだ。魔力ポーションを一本飲んだだけでは全回復しないから、数本飲む必要がある。げっぷー。

最初にエンチャント・ハードをしないといけないけど、アイテム・エンチャントは成功を重ねた。

・**アイスソード**：物理攻撃力＋二〇　追加効果　凍傷（微）　耐久値五五／五五　（鉄の片手剣D＋Ｅランク魔石＋エンチャント・ハード＋エンチャント・アイス）
・**サイクロンソード**：物理攻撃力＋二〇　腕力＋一　風属性攻撃（微）　耐久値五一／五一　（鉄の片手剣Ｅ＋Ｅランク魔石＋エンチャント・ハード＋エンチャント・サイクロン）

・アタックソード：物理攻撃力＋四七　腕力＋一　斬撃強化（微）　耐久値五五／五五　（鉄の片手剣Ｆ＋Ｅランク魔石＋エンチャント・ハード＋エンチャント・アタック）

どれも性能が大幅にアップした感じを受ける。

アタックソードなど、ミスリルの両手剣以上の物理攻撃力の補正値だ。しかも片手剣というところがいい。両手剣の英雄は使えないが、剣豪でも暗殺者でも使えるものだ。

耐久値はエンチャント・ハードで三・五倍になって、各エンチャントを施すことで五〇ポイント減ることが今回のことで分かった。

「ゴルテオ商会に行こう！」

ダンジョンには行かないが、ゴルテオ商会ならいいだろう。と勝手に思っている。

「今日は何も連絡こないと思うけど、連絡あったらすぐ帰ってくると言っておいてくれ」

「承知しました」

モンダルクに後を頼んで、俺はゴルテオ商会に向かった。

俺の移動は馬車で、御者はジュエルがする。貴族だから馬車で移動しろとモンダルクがうるさい。

アンネリーセがついてくるのはマストだけど、兵士のジョジョクが馬でついてくる。

俺は護衛なんて要らないと言ったんだけど、ガンダルバンが納得してくれない。貴族なら護衛の二人や三人は連れていくものだと、引かないのだ。

仕方がないからジョジョクを連れていくことで折り合いをつけた。

貴族関係のことはモンダルクが、護衛や力仕事の時はガンダルバンがうるさい。あと、俺の前でニコニコしているアンネリーセは、時々辛辣《しんらつ》。本当に時々だよ。

「これはフットシックル名誉男爵様。ようこそおいでくださいました」

「フットシックル名誉男爵は長いし仰々《ぎょうぎょう》しいからトーイでお願いします。ゴルテオさん」

「それではトーイ様とお呼びさせていただきます」

様もつけなくていいけど、そういうわけにはいかないことくらいは俺にも分かる。

「はい。それでお願いします」

今日はゴルテオさんがいて、案内してくれる。武器や防具があるエリアに向かい、そこに置いてあるものを物色する。

お手頃な鋼鉄製の武器と防具をいくつか購入した。

ミスリル製の武器と防具もあるけど、高いから今回は買ってない。アイテム・エンチャントの熟練度が上がったらミスリルのアイテムにもエンチャントしよう。

「見てほしいものがあるのですが」

そう言うと、ゴルテオさんが個室に案内してくれる。商談スペースかな。

無造作に袋に入れられた四本の剣を、ジョジョクが持ってくる。

馬車の中でアイテムボックスから出して袋に放り込んだものだ。馬車を降りる時に自分で運ぼうとしたら、ジョジョクが持ってくれた。

「確認させていただきます。……むっ!?」

スキル・アイテム鑑定を使ったようで、ゴルテオさんはファイアソードを持ったまま微動だにしない。本当に動かないけど、息してるよね？　目だけ忙《せわ》しなく動かしているから大丈夫だろう。

「これをどこで手に入れられましたか？」

「それは秘密で」

「なるほど。仕入れ先は明かせないということですね」

俺がエンチャントしたとは言えないだけですよ。何せエンチャンターのことは秘密にしているので。

ゴルテオさんは納得したような表情で話を進めた。

「ファイアソード、アイスソード、サイクロンソード、アタックソード。どれも魔剣ですな」

「引き取ってもらうことは可能ですか？」

「製作者や出所が不明の魔剣は、やや値が下がります。それでもよろしいでしょうか？　それからのちほど盗品だと分かった場合は、通報することになります」

盗品ではないから大丈夫。

「構いませんよ」

ゴルテオさんは頷《うなず》いて、一本一本に値段をつけていった。

ファイアソードは一〇万グリル、アイスソードは一二万グリル、サイクロンソードは三〇万グリル、アタックソードはなんと四五万グリルだ。

元は鉄の片手剣でEランク魔石と魔力ポーションがぶ飲みくらいしか経費はかかっていない。元手はファイアソードの半分の五万グリルもかかってないから、おいしい金策になるな。

「アタックソードが高いですね」

「ファイアソードとアイスソードは発動する確率が低いですから安くなっています。それに比べサイクロンソードは追加効果が常時発動しますから、やや高めですね。アタックソードは追加効果こそないですが、物理攻撃力値が非常に高いものですから、安定したダメージが期待できますので高額になります」

以前見た雷鳴剣などは効果が複数ある。そういうことでかなり高くなっているらしい。

「自動修復の効果があればもっと高く買い取れるのですが、これらにはついていません」

自動修復か……エンチャント・リジェネーションを付与すればつきそうだな。考えてみたら、エンチャント・ハード以外は一つしかエンチャントしてないな。次は二つ目をエンチャントしてみようかな。

今日はゴルテオ商会で購入した鋼鉄製武器と鋼鉄製防具を机の上に並べ、これらの装備にエンチャントを施した。

転生六十六日目から七十日目まで暇だったからエンチャントしまくった。魔力ポーションを飲みまくったおかげで、腹の調子が悪い。

・アタックソード：物理攻撃力＋五五　斬撃強化（微）　自動修復（微）　耐久値五七／五七（鋼鉄の片手剣　＋　Eランク魔石　＋　エンチャント・ハード　＋　エンチャント・アタック　＋エンチャント・リジェネーション）

・アタックバスター：物理攻撃力＋六九　斬撃強化（微）　自動修復（微）　耐久値六八／六八（鋼鉄の両手剣　＋　Eランク魔石　＋　エンチャント・ハード　＋　エンチャント・アタック　＋エンチャント・リジェネーション）

・アタックランス：物理攻撃力＋七一　刺突強化（微）　自動修復（微）　耐久値六五／六五　（鋼鉄の槍《やり》　＋　Eランク魔石　＋　エンチャント・ハード　＋　エンチャント・アタック　＋　エンチャント・リジェネーション）

・アタックアロー：物理攻撃力＋四五　刺突強化（微）　耐久値三七／三七　（鉄の矢　＋　Eランク魔石　＋　エンチャント・ハード　＋　エンチャント・アタック）

・ディフェンスシールド：物理防御力＋四〇　体力＋一　火耐性（微）　自動修復（微）　耐久値六四／六四　（鋼鉄の大盾　＋　Eランク魔石　＋　エンチャント・ハード　＋　エンチャント・ファイア　＋　エンチャント・リジェネーション）

・ディフェンスメイル：物理防御力＋五〇　体力＋一　氷耐性（微）　自動修復（微）　耐久値五七／五七　（鋼鉄の鎧《よろい》　＋　Eランク魔石　＋　エンチャント・ハード　＋　エンチャント・アイス　＋　エンチャント・リジェネーション）

・ディフェンスプレート：物理防御力＋三〇　俊敏＋三　自動修復（微）　耐久値五四／五四　（鋼鉄の胸当て　＋　Eランク魔石　＋　エンチャント・ハード　＋　エンチャント・アクセル　＋　エンチャント・リジェネーション）

ミスリルの両手剣がかなり見劣りする能力に仕上がった。

ゴルテオさんに聞いた話では、通常は鍛冶《かじ》職人やアイテム職人が魔剣などのマジックアイテムを製作するそうだ。

俺の場合は買ってきた鋼鉄製装備にエンチャントを施している。特にエンチャント・ハードで下地を作るためか、能力に大きな差が出ている気がする。あくまでも気がするだけで根拠はない。

製作工程が違うと、アイテムの能力に差が出る。当然だと思うけど、新鮮だ。

エンチャント・ハードを二回施せば、さらに多くの効果をエンチャントできるかもと思いやってみたが、二回目のエンチャント・ハードは発動しなかった。

熟練度が低いか、それとも同じエンチャントは二回できないかのどちらかだろう。

また、革製品やローブのようなものに、俺のエンチャントはできなかった。エンチャント・ハードで耐久値が増えないどころか減ってしまうのだ。

エンチャント・ハードは金属製品か牙や骨などの硬いものにしか効果がないようだ。

そのためか、弓にはエンチャントができなかった。矢のほうはエンチャントできているが、耐久性の問題でエンチャント・リジェネーションはできなかった。

ガンダルバンたちにこれらの武器と防具を装備してもらう。矢以外はどの装備にも自動修復の効果があり、通常の鋼鉄製品よりも大幅に物理攻撃力や物理防御力が上昇している。

新装備に着替えてもらったが、元々鋼鉄装備だったから見た目はあまり変わってない。ちょっとだけ色が変化して、色味のないシルバーからやや黄みかかったシルバーになっている。

予備を少し残して、ほとんどはゴルテオ商会に売った。なんかひと財産できた気がする。

転生七十一日目にやっと公爵から呼び出しがあって、城に向かった。

城内はかなり綺麗《きれい》になっていたが、壁や天井の穴はさすがに塞《ふさ》がってない。

公爵の執務室に入って挨拶し、この数日何をしていたのかと聞かれたから屋敷でのんびりしていたと答えた。

エンチャントは一時間もあれば終わる。魔力ポーションを飲むのにも限界があるから、一時間で充分だ。あとはアンネリーセの膝枕で昼寝したり、アンネリーセの膝枕で本を読んだり、アンネリーセの膝枕で耳かきをしてもらったりしていた。すっごく有意義な時間だったよ。

「城内の穴はどうするのですか？」

「新しい城を建てることにした」

改修できるらしいが、城はかなり古いものだから新しくするらしい。大きな城だから、どれだけの費用がかかるのだろうか？　俺が心配することではないが、ちょっと気になる。

「さて、フットシックル名誉男爵家にはいくつか話がある」

「いくつもですか？」

要らないですよ。

「嫌な顔をするな」

「顔に出てました？　それは失礼しました」

公爵がため息を吐《つ》く。俺がため息を吐きたいんですけど。

「勲章は略式で授与することにした。フットシックル名誉男爵もそのほうがいいだろう」

「略式ですか？」

文官がトレイを持ってきて、公爵の机の上に置いた。そこから勲章を手に取った公爵が俺にそれを差し出してくる。

俺が受け取ったら、それで終わりらしい。いや違った。革袋も出てきた。前回の時ももらったけど、お金だね。前回より多いのは撃退と討伐の差ということらしい。

「これだけでいいのですか？」

「城内があの状態だ。今回は略式で渡す。其方《そのほう》の配下にも勲章を配っておいてくれ」

こんな簡単でいいなら、授与式なんてやらなくてよかったのに。

「言っておくが、特例だからな。通常は盛大に行うものだぞ」

「あ、はい。そうですよね」

公爵には俺の心の声が聞こえているようだ。俺なんかの考えなどお見通しっていうことだろう。

「次は褒美の件だ」

はい？　今お金もらいましたよ。

「其方を男爵にする」

「え？」

「本当は子爵にしようと思ったが、其方は喜ばぬだろう。だが爵位をそのままにしておくのも悪《あ》しき前例になってしまうからな。名誉を取ることにした」

要約すると、子爵は勘弁してやるが、名誉を取った男爵になれと言っているようだ。

「俸給は変わらぬし、領地もない。今までと変わるとすれば、爵位を子孫に譲れるようになったことだ。その程度のことは受け入れろ」

小出しにして俺が断れないようにしている？　俺の性格をよく分かってらっしゃる。なんでこんなに知られているのだろうか？

「それからこれは頼みなのだがな」

「頼みですか？」

なんか質問形ばかりだな、俺。

「当家の騎士と兵士を鍛えてやってほしいのだ」

「はい？」

「そうか、引き受けてくれるか」

「いえいえいえ、今のは了承じゃなくて聞き返したんですけど」

勘違いするんじゃありませんよ！

「分かっている」

くっ、遊ばれてる？　俺、おちょくられている？

「しかし公爵家にはバルカン様という強者《つわもの》がいらっしゃるではないですか。私に兵を鍛えろと言わなくても、バルカン様に命じればよろしいのでは？　私もバルカン様のおかげで剣豪という珍しいジョブを得ましたよ？」

「フットシックル男爵がどういう理由で剣豪に転職できるようになったのかは不明だ。それにバルカンは騎士団全体を見なければならん」

その割には俺を引きずっていって、訓練《シゴ》させ《い》た《た》よね。しかも毎日。あの一カ月ちょっとのことは忘れませんよ。トラウマとして。

「若い者たちをダンジョンに連れていってくれるだけでいいのだ」

「無理です」

きっぱりお断り。ダンジョンに行って兵士を鍛えるということは、つまるところレベル上げだ。

兵士たちは最低でもレベル一〇にはなっている。そういった兵士たちのレベルを上げるのは、四階層ということになる。

ダンジョンムーヴを使わず四階層まで普通に歩いていくと、二日かそれ以上かかるだろう。早足でも一日半はかかる。それプラスレベル上げして帰ってくるだけで五日や六日はかかるだろう。そんなものにつき合ってられない。

そもそも俺の場合は人に見せられないジョブやスキルが多いから、魔法契約した人以外とは一緒に行動したくないんだ。

「そう邪険にするな」

「邪険にはしてません。丁寧にお断りしているだけです」

「……どうしてもか？」

「はい。どうしてもです」

大きな息を吐いた公爵は、分かったとひと言だけ呟《つぶや》いた。

「フットシックル男爵に任せれば、兵士たちの質の底上げになったものを。本当に断るのか？　報酬は用意するぞ」

俺がうんと言わないのを分かって言っているんでしょ。俺はジョブやスキルのことを知られるわけにはいかない。だからどれだけ報酬を積まれても、受けないからね。

「はい。お断りします」

ちょっとでも隙《すき》を見せるとつけ込まれそうだし、隙を見せてなくてもつけ込んでくるからな、この人。だから言葉短く拒絶するのが吉だ。許容できるものとできないものがあるの、分かるかな。

公爵はしつこく聞いてきたが、絶対にダメ。

「……次は宝珠の対価だな」

そんなものもあったね。もうお腹一杯なんですけど。

「それこそ子爵になるつもりはないか？」

「ありません」

「そうキッパリ言うな」

そう言うと知っていて聞いているでしょ。さっき言っていたじゃん。

「しかたがない……当家が所持しているマジックアイテムを譲る。どういうものがいいか？」

「公爵家所蔵のマジックアイテムですか!?」

これはラッキーだ。どんなお宝が出てくることやら。

「宝物庫にあるもので、家宝以外ならなんでも構わん」

公爵はバサリッと紙の束を机の上に置いた。

「このリストの中から選べ」

ではさっそく……わくわくするね。

しかし多いな。どれだけ宝物庫に溜《た》め込んでいるんだ。てかさ、こんなの見せていいの？　俺が盗賊だったら、盗みに入っちゃうよ。やらないけど。

お、良いものがあるぞ。俊敏を上げるマジックアイテムだ。こっちは魔力を増やすマジックアイテムか。さすがは公爵家の宝物庫に収められている品々だ。

「それは後からゆっくり読めばいい。次に移るぞ」

「これで最後じゃないのですか？」

悪魔討伐の勲章と褒美、それから宝珠を譲渡する対価の話だけじゃないの？　次なんて要らないでしょ。

「王家がフットシックル男爵に褒美を与えると言ってきた」

「はい？」

「王家がフットシックル男爵に褒美を与えると言ってきた」

いや、それは今聞いたよ。聞き返したんだけど、同じこと繰り返さなくていいですから。さっきからちょくちょくおちょくるよね～。

「悪魔撃退の後に褒美を与えると言ってきたが、昨日は悪魔討伐に対して改めて褒美を与えると言ってきた」

「もしかして……」

「王都に赴く。拒否は認めん。私も向かうから、共に行くぞ」

えぇぇ……。そんなの聞いてないよー。

「悪魔討伐というのは、それほどのことだ。王家だけでなく、他の貴族たちもフットシックル男爵に興味を持ったはずだ」

うげー。そんな興味持たなくていいですから！

王家とか貴族とかだけでも面倒なのに、王都にはあいつらがいるんだよなぁ。

容姿が変わっているから俺のことは分からないと思うけど、あいつらの性格を考えると絡まれそうで面倒臭い。

噂《うわさ》ではかなり落ちぶれているようだが、それでも勇者という肩書はそれなりの影響力を持つらしいから関わり合いになりたくないんだよ。

ウザ絡みされる未来しか思い浮かばない。

憂鬱《ゆううつ》な心を晴らすために、マジックアイテムを選ぼう！

俺は知力が上がるマジックアイテムを選んだ。

ザイゲンと警護の騎士たちに守られて、そのネックレスがやってきたときは凄《すご》く嬉しかった。

「宝珠の価値からすると、そのネックレスはいささか見劣りする。これはその差額だ」

ザイゲンが革袋を差し出してきた。このネックレスもかなり良いものだと思うけど、宝珠はそれ以上ということらしい。

こんなにもらっていいの？　凄い額だよ？

まあいいか。モンダルクに渡しておこう。

それにしてもこのネックレスはアンネリーセに合いそうだ。綺麗なアンネリーセをもっと美しくしてくれると思う。これを選んでよかった。

魔力＋一五〇、知力＋一五、精神力＋一〇、魔法攻撃力＋三〇、魔法防御力＋二〇の効果を持つ魔女の首飾り。これはアンネリーセ用にと選んだものだ。

「四日後に王都へ発《た》つ。忘れずにな」

あらザイゲンさん、まだいたの。

「いやですねー。忘れるわけないじゃないですか」

当日腹痛になるかも。発熱するかも。病気になるかも。

「体調不良でも良い医者がいる。何も心配することはないから、連れてきてくれ」

ザイゲンめ、ガンダルバンに念押ししている。しかも俺の心を読んでいるよ。怖っ。

公爵もザイゲンも怖っ！

エピローグ　やっぱり風呂はいい

これはある日のことだ。ゴルテオ商会から迷宮大牛角の剣ができあがったと、連絡があった。

ガンダルバンを連れて引き取りに向かうと、今日はゴルテオさんがいて対応してくれた。

「こちらになります」

受け取った剣をそのままガンダルバンへ。恭しく受け取ったガンダルバンは、俺に断って剣を鞘《さや》から抜いた。

「おお、これは素晴らしい」

「ご希望通りに、わずかですが生命力吸収の効果がついております」

誰よりも前で敵の攻撃を受けるガンダルバンだ。生命力の回復手段はどれだけあってもいい。だから剣で斬ったらその生命力を奪う効果をつけてもらったのだ。

「振ってもよろしいかな」

「それでは外へまいりましょうか。試し斬り用の丸太もあります」

なんでも揃《そろ》っているね、この店は。俺たちは外に出て、ガンダルバンの試し斬りの様子を見守った。

直径五センチほどの細めの丸太だが、ガンダルバンはそれを片手で両断した。

「手応えが軽い。それだけよく斬れるということでしょう。刃こぼれもありません。気に入りました」

ガンダルバンが気に入ってよかった。これでガンダルバンの忠誠心が上がったと思う。ガンダルバンを羨《うらや》ましそうに見ているバースたち兵士諸君にも、いい素材が手に入ったら造ってあげるから。

俺のも欲しいしね。

屋敷に帰ると、今日は大人しく料理に勤《いそ》しんだ。

迷宮牛の肉をミンチにして、パン粉と微塵《みじんぎ》切りした玉ねぎと一緒に固めたものを焼いている。

そう、ハンバーグである。

「このような料理があるだすか」

料理人のゾッパが手伝いながら作り方を覚える。次からはゾッパが作ってくれるだろう。

ハンバーグは空気抜きが大事。これは焼いた時に中の空気が膨張して破裂しない対策ね。

両手の間でキャッチボールして、空気を抜く。

フライパンで焦げ目がつくまで焼き、その後はオーブンでしっかり焼く。最初に焼き目をつけておくことで、肉汁が外に流れ出ることを防いでくれる。

ハンバーグをオーブンに入れて焼いている間に、ソース作りだ。

モモをすり潰《つぶ》して、キツネ色になるまで火を通した玉ねぎと混ぜる。さらにバーガンを入れる。

バーガンは臭みがあるから、生姜《しょうが》を少し入れて臭いを消す。

ブルーチーズのような発酵食品がゴルテオ商会に売っていたから、それをスライスして白ワインで溶く。焦がさずドロッとするくらいがいい。

チーズはこれしかなかった。癖が強いけど、贅沢《ぜいたく》は言えないよね。

焼けたハンバーグを鉄板にのせ、チーズをかける。

フライパンに残った肉汁をモモと玉ねぎのソースに混ぜて、それをチーズの上からかける。

「よし完成だ」

食欲を誘ういい匂いだ。


全員で試食会。

「う、美味《うま》いっ!?」

「なんだこれはっ!?」

バースとジョジョクは涙を流している。お前たち、日頃どんなものを食っているんだ?

「美味《おい》しすぎます……」

「このジャストが癖になります」

リンとソリディアが恍惚《こうこつ》とした表情をしている。

ちなみにジャストというのがブルーチーズの正式名称。面倒だからブルーチーズでいいよね。

「力が湧いてきそうな料理ですな」

ガンダルバンは肉ならなんでもそう言うんじゃないか。一口が大きく、あっという間にハンバーグが消えていく。

「美味しいのです！　手が止まらないのです！」

ロザリナは食べながら喋《しゃべ》るの止《や》めような。お行儀悪いからね。

「このソースが凄《すご》く良いです。味わい深いです」

この世界にモモをソースに入れる文化はないらしい。

日本ではモモのジュースをベースにしたハンバーグのソースをよく作っていた。ある店の味を再現するのに丁度よかったんだ。

「おいしゅうございます。旦那様は料理への造詣が深く、このモンダルク、脱帽にございます」

「モンダルク様の言う通りだす。色々な料理を見てきたおいらも知らない料理が多いだす」

異世界の料理だから、モンダルクやゾッパたちが知らないのは当然だ。でもこれでゾッパがハンバーグの作り方を覚えたから、メニューに追加された！

「これほど美味しい料理は食べたことがありません」

「美味しすぎて、食べるのに夢中になってしまいます」

メルリスとジュエルにも好評だ。

「あああ……生きててよかったでしゅ……」

おっちょこちょいメイドのケニーも満足しているようだ。

「トーイ様の料理はとても美味しいです。美味しすぎますから食べすぎて太ってしまいそうです」

「アンネリーセはスリムだから、少しくらい大丈夫だよ」

太りすぎは健康上勘弁してほしいけど、女性は少しくらいふくよかなほうが可愛《かわい》いと俺は思う。

「ダメです。トーイ様に太った体を見せるわけにはいきませんから」

「お、おう……そうか」

見せてくれるんだ。嬉《うれ》しいよ。これからもしっかりと見させてもらうからね。

アンネリーセと見つめ合っていると、周囲の視線が俺たちに集まっていた。

「ゴホンッ。旦那様と奥様はいつご結婚されるのでしょうか？」

「なっ!?」

「えっ!?」

モンダルクが爆弾を落としてきた。

だけどアンネリーセとのことはちゃんと考えないといけない。

「わ、わ、わ、わ、わ、私などご主人様の……はぅ……」

テンパったアンネリーセが挙動不審になる。顔が真っ赤だ。

それと今でも俺のことを「ご主人様」と呼ぶことがある。無意識の時はこちらのほうが多い。これは少し残念に思っているが、癖になってしまったのだろう。

早く「トーイ」と名前呼びに慣れてほしい。

美味しいハンバーグを食べた後は、剣の素振りをする。

腹ごなしをしつつ、アンネリーセにどうやって俺の気持ちを伝えるかを考える。

毎日一緒に寝ているし、一緒に風呂にも入る。だけど俺とアンネリーセの関係は主従の関係から発展していない。

今後もアンネリーセと一緒にいたい。今のアンネリーセは自由の身だから、いつでも俺の元から離れていける。そうなってほしくないし、独占したいと思う。これは俺のエゴなのだろうか？

「よし、言おう！」

「何を言うのですか？」

「うわっ!?」

剣を振って考え事をしていたから、近くにアンネリーセがいるのに気づかなかった。

「い、いや、なんでも……いや、あれなんだ」

アンネリーセは首を傾《かし》げる。可愛い。どんな所作でもアンネリーセは絵になる。

「俺は……」

「はい」

アンネリーセの目を真っすぐ見られない。気にすると余計に見られなくなる。

「いや、なんでもない」

「そうですか……」

気まずい。この場から逃げたい。

彼女いない歴イコール年齢の俺には、告白はハードルが高い。

理不尽な奴らにはいくらでもなんだって言えるが、好意を寄せる女性には何も言えない。自分でも嫌になるほどのヘタレだ。

アンネリーセへの気持ちを伝えたくても伝えられない。

ヘタレな俺は、悶々《もんもん》とした感情をぶつけた――モンスターに。

「とりゃーっ」

「せいっ」

「はっ」

「こんにゃろーっ」

七階層の属性リザードをバッタバッタと斬り伏せる。

ある時は転生勇者、ある時は両手剣の英雄、またある時は暗殺者。してその正体は、剣豪のトーイです。

こういう時のメインジョブとしてエンチャンターはダメだ。自分で剣を振って戦えるこれらのジョブがいい。体を動かして、この悶々とした気持ちを落ちつかせるためのものだ。だからサブジョブにしていたら、一番レベルが上がってしまった(笑)。

【ジョブ】転生勇者　レベル三三

【スキル】聖剣召喚（中）　身体強化（中）　聖魔法（中）　限界突破（中）　威圧（中）

壁抜け（中）　聖覇気（中）　貫通（中）　手加減（低）　聖剣秘技（微）
【ユニークスキル】詳細鑑定（高）　アイテムボックス（高）　ダブルジョブ
下級精霊召喚（〇／二）

【ジョブ】両手剣の英雄　レベル三三
【スキル】指揮（中）　全体生命力自動回復（中）　身体強化（中）
バスタースラッシュ（中）　アイススラッシュ（中）
アシッドストライク（中）　完全見切り（中）　経験値集約（低）　念話（微）

【ジョブ】暗殺者　レベル三三
【スキル】急所突き（中）　隠密（中）　痕跡抹消（中）　神速（中）　感知（中）
壁抜け（中）　偽装（中）　罠《わな》（中）　捕縛（低）　立体機動（微）　影移動（微）

【ジョブ】剣豪　レベル三三
【スキル】ダブルスラッシュ（中）　心眼（中）　質実剛健（中）　鋭敏（中）

一点突破（中）　夢幻剣（中）　兜割《かぶとわり》（中）　剣豪奥義（低）　魂の叫び（微）

【ジョブ】エンチャンター　レベル三五
【魔　法】魔力強化（中）　エンチャント・ハード（中）　エンチャント・アクセル（中）
エンチャント・ファイア（中）　エンチャント・アイス（中）
エンチャント・アタック（中）　エンチャント・リジェネーション（中）
エンチャント・マナネーション（低）　エンチャント・サイクロン（低）
エンチャント・アース（低）　アイテム・エンチャント（低）
エンチャント・ディフェンス（微）　エンチャント・マジックディフェンス（微）
エンチャント・インテリジェンス（微）　エンチャント・レジストポイズン（微）

ある日のことだ。俺はいつものようにダンジョンから帰ってきて、アンネリーセに手伝ってもらいながら着替えた。別に自分一人で着替えくらいできるが、アンネリーセがそれを許してくれないんだ。

着替えの後は武器と防具の手入れだ。ミスリルの両手剣には自動修復の効果が付与されていて、汚れはある程度自動で落ちる。アンネリーセがそんなミスリルの両手剣を布で丁寧に拭いて、剣用の油を塗って拭き取る。慣れた手つきで手入れされるミスリルの両手剣がちょっと羨ましくなる。

俺もアンネリーセに手入れしてほしいと。

ミスリルの両手剣の後はガーゴイルバスターも手入れされる。俺の武器は基本的に両手剣で、この二本を使い分ける。

ガーゴイルバスターは自動修復や不壊のような効果はないため、ミスリルの両手剣以上に丁寧にメンテナンスをしないといけない。

武器や防具には耐久値というものがある。この耐久値がゼロになると、壊れて使い物にならなくなる。耐久値はメンテナンスすることである程度回復するが、使っていると上限値が徐々に下がってくる。使ったことによる傷みと経年劣化が主な理由だ。

ミスリルの両手剣は自動修復の効果で耐久値の上限が下がることはないけど、ガーゴイルバスターは徐々に下がってきている。ある程度下がったら、また六階層ボスであるソードガーゴイルを狩りまくって手に入れることになる。それは俺たちにはそれほど苦にはならない入手手段であるため、おかげでいい武器を使うことができる。

ガンダルバンたちとダンジョンに入るようになって、俺は攻撃を受けることがなくなった。だから基本的に防具の耐久値は下がらない。経年劣化による耐久値の低下は、一年やそこらでは起こらないからあまり手入れは必要ない。それでもアンネリーセは毎回丁寧に防具を手入れしてくれる。本当にありがたいことだ。

俺の防具は市販されているどこにでもある鋼鉄の胸当てや迷宮牛革のヘッドギア、迷宮牛革のグローブ、迷宮牛革のブーツだ。これらは防具を扱っているような店なら大概手に入るもので珍しいものではない。

最近はエンチャンターというジョブを覚えたこともあって、防具に特殊な効果を付与することができるようになった。ただ革製品には付与ができないため、俺が使っているものでは鋼鉄の胸当てだけが付与対象だ。それでも物理防御力と耐久値が上昇するからかなり助かっている。

あと即死を三回回避してくれる幸運のネックレスと、レアドロップ率が五パーセント上昇する幸運の尻尾も身につけているが、これらのものにも付与はできない。


武器と防具の手入れが終わると、俺たちは風呂へ向かう。

最近は石鹸《せっけん》作りにも慣れて、少しだけいいものができるようになった。石鹸の材料は油と苛性ソーダ。問題は苛性ソーダで、これは簡単に見つからないだろうと思っていたらゴルテオさんの店で扱っていたのだ。ある植物から精製されるもので、汚水の浄化用の薬品なんだとか。元の世界の苛性ソーダとは違うものだが、これでも石鹸を作ることができると詳細鑑定が教えてくれた。油と苛性ソーダ、さらに香りづけの香料を少し混ぜて、数日置くとある程度固まってくれる。

アンネリーセがお湯をかけてくれる。そこにタオルで石鹸を泡立て、俺の体を洗ってくれるんだ。時々、胸が背中に当たる感触がする。柔らかいけど、なんとも言えない弾力があって背徳感が半端ない。

最近は胸に泡をつけて俺を洗ってくれる。そうなると、もう噴火寸前だ。まさに至高の時間である。

「ご主人様。力加減はいかがですか？　痛くないですか？」

「ご主人様じゃないだろ」

「あ……トーイ様……」

「気持ちいいよ、アンネリーセ」

「それはよかったです」

アンネリーセが俺の体を洗った後は、俺がアンネリーセの体を洗う。手を擦《こす》り合わせてたくさんの泡を立てる。アンネリーセの白い肌と同じようなきめ細かな泡になったら、彼女を優しく包んでいく。もちろん体中をくまなく洗う。背中から脇の下を通ってＯＰＰＡＩへ辿《たど》りついた時、なんともいえない背徳感が俺を包み込む。

積み重ねてきた彼女との信頼関係以上のものを感じつつ、俺の手では余る大きさの柔らかな感触を堪能する。

「気持ちいいか？」

「はい……」

恥ずかしそうにはにかんで、か細い声で答えたアンネリーセがまた可愛い。だから俺は彼女の虜《とりこ》になってしまったのだろう。

二人で湯舟に浸《つ》かり、ホッと息を吐く。年寄り臭いなと、苦笑する。まだそんなに生きたわけではないが、生涯で最も心安らぐひと時になっているのは間違いない。

まるで湯舟に浮かんでいるようなＯＰＰＡＩをガン見するのは、男なら当然の行為だろう。この時間をまた味わうためにも、俺はアンネリーセを守り続ける。

アンネリーセには幸せになってもらいたい。それがどんな茨《いばら》の道でも、俺は障害物になる全てを斬り捨てて進むだろう。仮にアンネリーセが俺から離れていったとしても、それでアンネリーセが幸せならいい。もちろん、そうならないように俺は努力するつもりだ。

そのためには貴族という地位が役に立つのだろうか。何事も使う人次第なのだから、俺は俺とアンネリーセ、そして親しい人たちのために貴族の権力を使うと誓う。

格好いいことを考えているが、それを口にできない。俺は自分がヘタレなのを知っている。そしてアンネリーセを誰よりも大切に想《おも》っていることも知っている。

「アンネリーセ」

「はい」

「いつまでもこうやって一緒に風呂に入れたらいいと、俺は思っている。でも、嫌ならそう言ってくれ。俺はアンネリーセの気持ちを尊重するから」

「嫌だなんて、そんなこと絶対にありません。これからも一緒にお風呂に入っていただければ、私は幸せです」

「そうか、ありがとう。これからもよろしくね」

「私こそよろしくお願いいたします」

こんな時間がいつまでも続けばいいと、願うばかりだ。

トーイ

アンネリーゼ

ロザリナ

ゴルテオ

王女エルメルダ

ガルドランド公爵

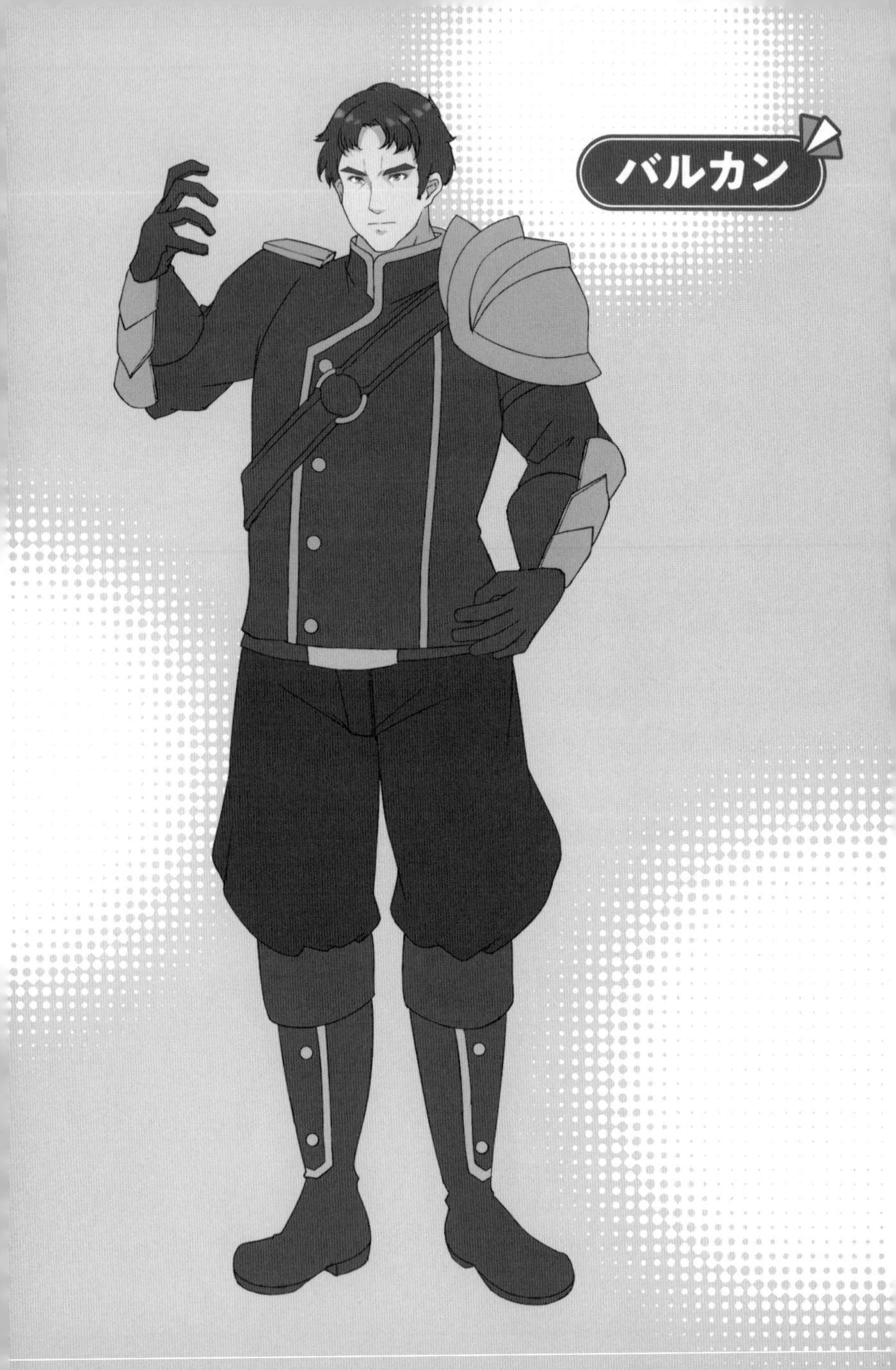
バルカン

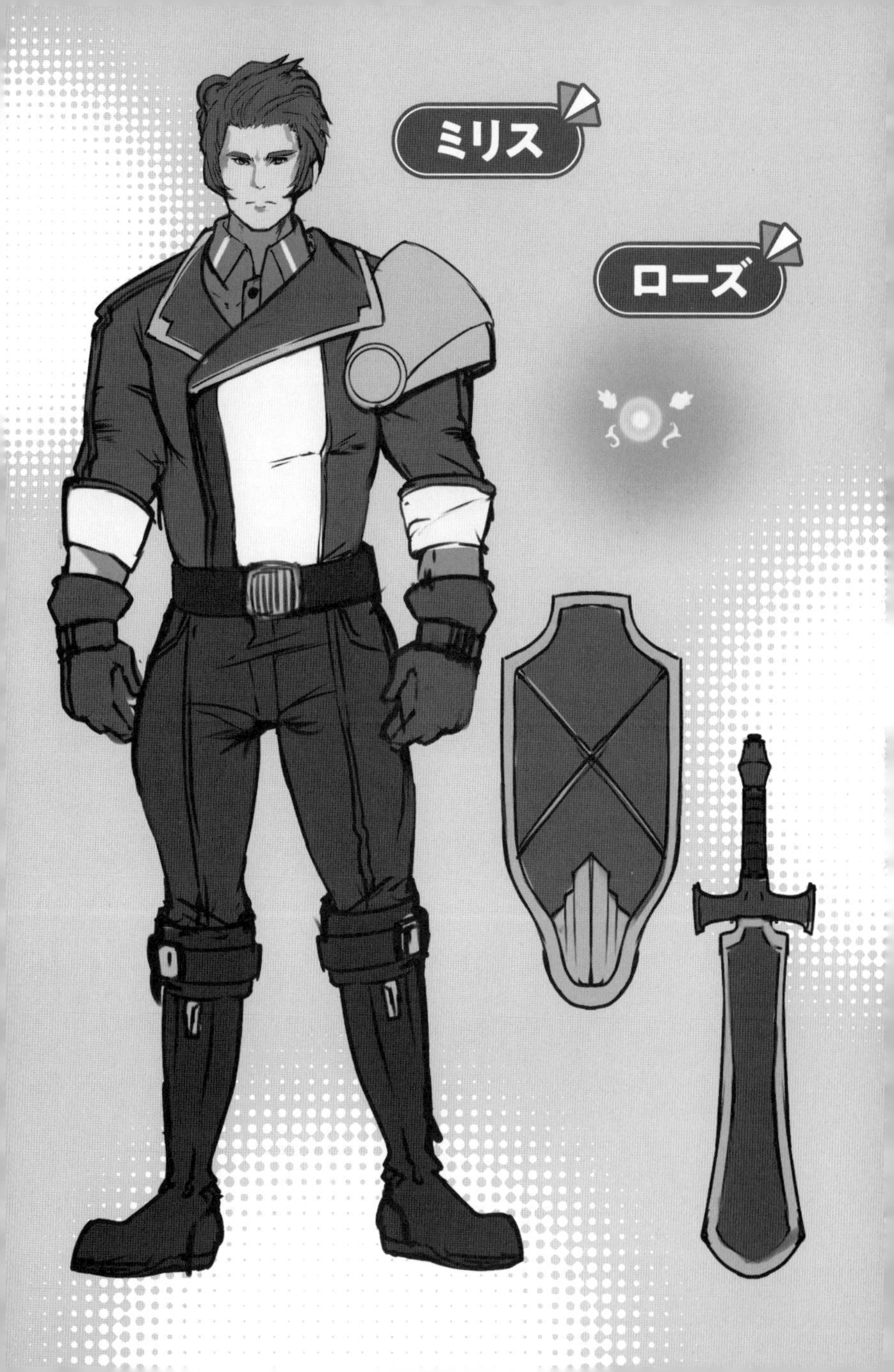
ミリス
ローズ

シャルディナ

ジャミル
ベニュー男爵

隠《かく》れ転《てん》生《せい》勇《ゆう》者《しゃ》 ~チートスキルと勇《ゆう》者《しゃ》ジョブを隠《かく》して第《だい》二《に》の人《じん》生《せい》を楽《たの》しんでやる!~ 2

2024年2月25日　初版第一刷発行

著者　なんじゃもんじゃ
発行者　山下直久
発行　株式会社KADOKAWA
〒102-8177　東京都千代田区富士見2-13-3
0570-002-301（ナビダイヤル）
印刷・製本　株式会社広済堂ネクスト
ISBN 978-4-04-683253-5 C0093

企画　株式会社フロンティアワークス
担当編集　齊藤かれん（株式会社フロンティアワークス）
ブックデザイン　AFTERGLOW
デザインフォーマット　AFTERGLOW
イラスト　ゆーにっと

本シリーズは「小説家になろう」（https://syosetu.com/）初出の作品を加筆の上書籍化したものです。

ファンレター、作品のご感想をお待ちしています

宛先
〒102-0071　東京都千代田区富士見 2-13-12
株式会社 KADOKAWA　MFブックス編集部気付
「なんじゃもんじゃ先生」係「ゆーにっと先生」係

二次元コードまたはURLをご利用の上
右記のパスワードを入力してアンケートにご協力ください。

https://kdq.jp/mfb
パスワード
e4y28

● PC・スマートフォンにも対応しております（一部対応していない機種もございます）。
●アンケートにご協力頂きますと、作者書き下ろしの「こぼれ話」が WEB で読めます。
●サイトにアクセスする際や、登録・メール送信時にかかる通信費はご負担ください。
● 2024 年 2 月時点の情報です。やむを得ない事情により公開を中断・終了する場合があります。

召喚スキルを継承したので、極めてみようと思います!
〜モフモフ魔法生物と
異世界ライフを満喫中〜
えながゆうき
イラスト：nyanya
謎だらけなスキルで召喚されたのは——
個性豊かすぎる“魔法生物”!?
自由気ままに異世界で
モフモフライフを楽しみます!
カクヨム発
STORY
モフモフ好きな青年は、気づくとエラドリア王国の第三王子・ルーファスに転生していた。継承した“召喚スキル”を広めるため、様々な魔法生物たちを召喚しながら、ルーファスの異世界モフモフライフが始まる!
MFブックス新シリーズ発売中!!
MFブックス

MFブックス既刊

アラフォー賢者の異世界生活日記 ①～⑲
著：寿安清／イラスト：ジョンディー
40歳おっさん、ゲームの能力を引き継いで異世界に転生す！

アラフォー賢者の異世界生活日記 ZERO ーソード・アンド・ソーサリス・ワールドー ①
著：寿安清／イラスト：ジョンディー
アラフォーおっさん、VRRPG《ソード・アンド・ソーサリス》で大冒険！

手札が多めのビクトリア ①～③
著：守雨／イラスト：牛野こも／キャラクター原案：藤実なんな
凄腕元工作員、夢に見た「普通《しあわせ》」な人生を楽しみます！

赤ん坊の異世界ハイハイ奮闘録 ①～②
著：そえだ信／イラスト：フェルネモ
不作による飢餓、害獣の大繁殖。大ピンチの領地を救うのは、赤ちゃん!?

隠れ転生勇者 ～チートスキルと勇者ジョブを隠して第二の人生を楽しんでやる！～ ①～②
著：なんじゃもんじゃ／イラスト：ゆーにっと
ある時は村人、探索者、暗殺者……その正体は転生勇者!?

ご縁がなかったということで！ ～選ばれない私は異世界を旅する～ ①～②
著：高杉なつる／イラスト：喜ノ崎ユオ
運命に抗うように、無縁と別れを告げ、私は望んだ未来を生きてゆく！

カリグラファーの美文字異世界生活 ～コレクションと文字魔法で日常生活無双？～ ①～②
著：磯風／イラスト：戸部淑
カリグラフィーを駆使した【文字魔法】で美味しいものや物作りをするぞ！

転生令嬢アリステリアは今度こそ自立して楽しく生きる ～街に出てこっそり知識供与を始めました～ ①
著：野菜ばたけ／イラスト：風ことら
知識を伝えて、みんな自立して幸せになります！

転生したら、子どもに厳しい世界でした ①
著：梨香／イラスト：朝日アオ
0歳児のエルフに転生した少女の、ほのぼの＆ハードモード物語!?

モブだけど最強を目指します！ ～ゲーム世界に転生した俺は自由に強さを追い求める～ ①
著：反面教師／イラスト：大熊猫介
極めたゲーマーはモブキャラから最強を目指す!?

召喚スキルを継承したので、極めてみようと思います！ ～モフモフ魔法生物と異世界ライフを満喫中～ ①
著：えながゆうき／イラスト：nyanya
謎だらけなスキルによって召喚されたのは――モフモフな〝魔法生物〟!?

家臣に恵まれた転生貴族の幸せな日常 ①
著：企業戦士／イラスト：とよた瑣織
領民は0。領地はほとんど魔獣の巣。だけど家臣の忠誠心は青天井！

勇者じゃなかった回復魔法使い ①
著：はらくろ／イラスト：蓮深ふみ
お人好し回復魔法使いの、自由でのんびりな異世界交流記。